母を抱いた日

青葉 羊

フランス書院文庫

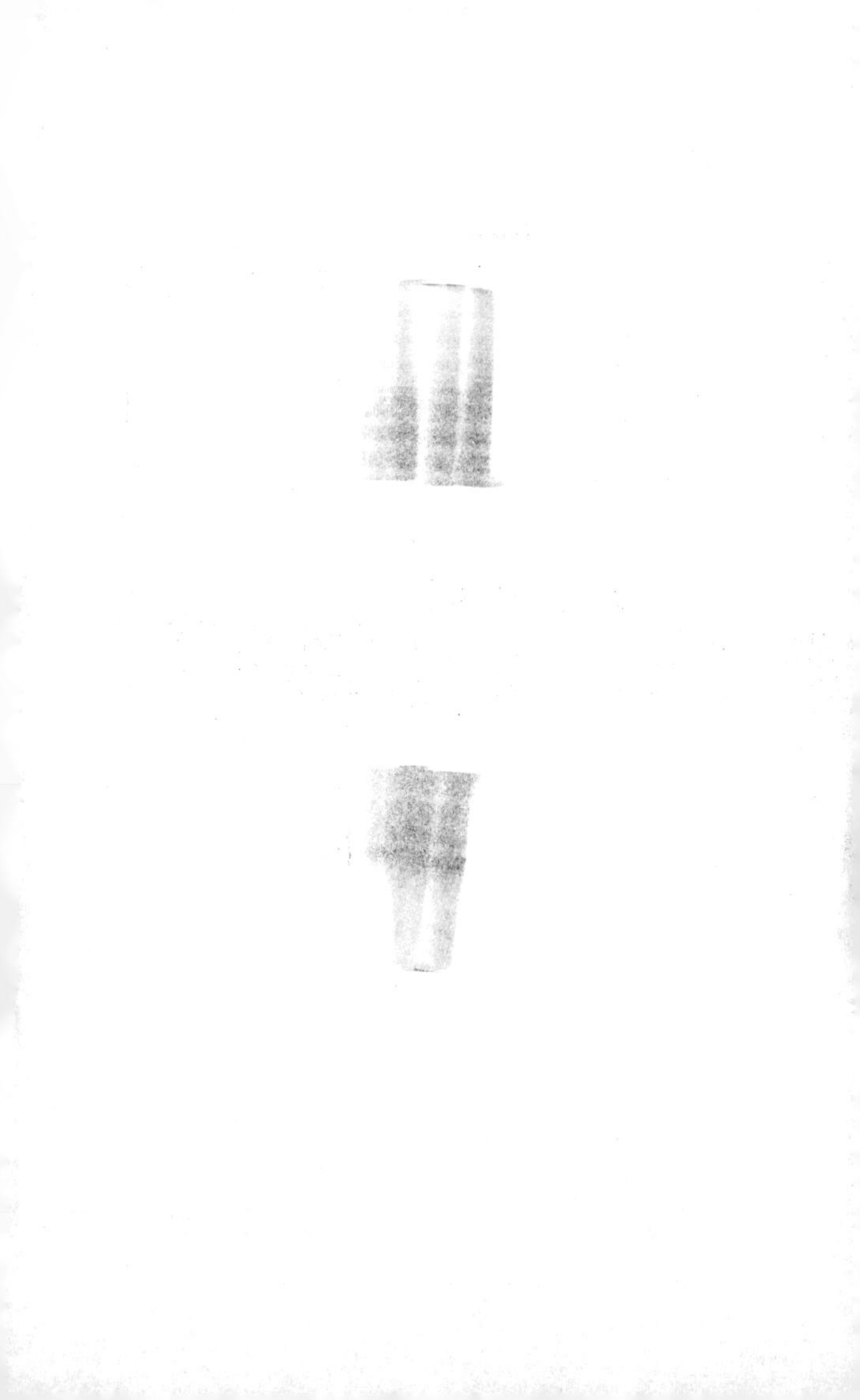

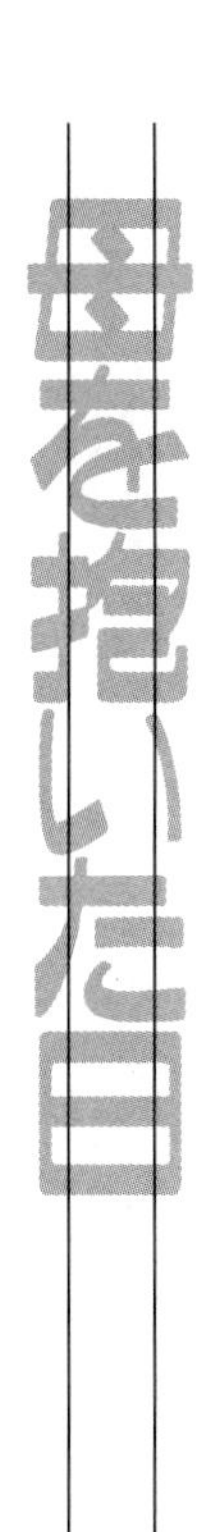

●もくじ

母を抱いた日

第一章　隣家の熟未亡人の性の手ほどき

1

（……このままじゃ僕、心も体も悶々とし過ぎて、おかしくなっちゃいそうだ……僕は、どうすればいいいんだろう？）

午前零時半頃。

ティーンエイジャーの涼介は、いまだ成長途中で不安定な心身の内側に、大きな悩みごとを抱えていた。

部屋の中で一人、そのことを考え続けていると胸が苦しくなるばかりで、彼は少し頭を冷やそうと、寝室でもう眠っているはずの母・文恵を起こさぬように静かに表に出て、自宅の玄関前に佇んだ。

父は昨年から他県に単身赴任をしていて不在で、今この一戸建てに住んでいるのは、母子二人きりだ。

(……家を出たところで、夜中に行く場所なんて、どこにもないけど……)

深夜に友人の家を訪ねるのも非常識だし、向かうあてもないので、彼はそのまま家の塀に寄りかかり、ぼんやりと夜空を見上げるしかなかった。

(……めちゃくちゃ悩んでるのに、こんなこと、友達にも先生にも相談できるわけないし……マジで僕、どうすればいいんだろう……)

ふぅぅ……と深くため息をつく彼の耳に、カラ、カラ、カラ……と小さな響きが近づいてきたので、涼介はそちらを見やった。

隣家に一人で住んでいる未亡人・綾香が引いている、キャリーバッグの軋音だった。

「……あら、涼介さん……こんばんは」

真夜中に妙なところを見られてしまったと、ちょっと気まずく感じつつ、彼も会釈を返す。

「……こんばんは」

彼女こそ、こんな時間にどこから帰宅してきたのだろう、という涼介の疑問を察したように、綾香が静かに続けた。

「夫の地元で三回忌の法要を終えて、最終の新幹線でちょうど今、駅から帰って来たところだったんです」

(……そうだったんだ……こういう時、何て言えばいいんだろう?……ご愁傷様です……だっけか?)

結局十代の彼には正しい挨拶がわからず、もう一度ペコリと頭を下げ、礼を示すしかなかった。

言われてみると綾香は、まさに未亡人らしく全身に漆黒の上品なスーツをまとっていて、月光に照らされたその姿は、いつも以上に艶やかで、この上なく美しかった。

(……結婚した相手を……愛してた人をこんなに若いうちに失うのって、どんな気持ちなんだろう……僕には全然、想像もつかないよ……それにしても綾香さん、やっぱりめちゃくちゃ美人っていうか……綺麗すぎるよ)

母から聞いたところでは、たしか今三十七歳だという彼女を、普段から涼介は、どんな人気女優にも、トップモデルにも負けないほどの美貌と、抜群のスタイルの持ち主だと認識していた。

それほどの美女が隣家という間近に存在しているのだから、憧れや、恋愛感情を抱くのが当然かというと、不思議なことにそうはならなかった。

（……あまりにも美女すぎると、別世界の人っていうか、自分なんか相手にしてくれるわけがないに決まってるから……そういう気持ちは、なぜか芽ばえてこないんだよな……）

彼女と顔を合わせる度にわき上がる、いつも通りの感想を胸に浮かべる彼に、綾香が問うてきた。

「……ところでこんな夜遅くに、こんなところで一人で、何をしてらしたの？」

当然の質問だった。何でもいいから適当に言いわけをすればいいのだが、どう誤魔化せばいいのか、ちょうど良い言葉が浮かんでこない。

「……わたしが声を掛けるまで、とっても深刻なお顔をしていたように見えたけれど……何か、悩みごとでもあるのかしら？」

いきなり図星を突かれ、ますますこちらは声が出なくなってしまう。

普段はあまり社交的でなく、未亡人らしく陰のある印象も強い美貌が、彼を心から案じてくれているように、優しく見つめてきた。

「……このところずっと、いつお見掛けしてもそんなふうに暗いお顔をしていることが多くて……少し、気になっていたの……」

もやもやした感情をずっと一人で抱え続けているのが限界にきたのか、涼介は自然に、うなずいていた。

「……当たりです……その通りです」

「そう……どなたか、相談するお相手はいらっしゃらないの？……それこそ、お母様だとか……涼介さんはお母様と、とっても仲良しでいらっしゃるようだし」

首を、横に振るしかなかった。

「確かに、親しい方にほど話しにくいことって、あるのかも知れないわね……」

ふと何かを思いついたように、美貌が少しだけ明るく、光を増した。

「……だとしたら、単なる隣人のわたしだったら、どうかしら？……解決してあげられるかどうかは、わからないけれど……お悩みを他人に話すだけでも、いくらか気持ちが楽になれるんじゃゃ、ないかしら？」

予想外の、展開だった。絶世の美熟女は彼が思いこんでいた、少し人を寄せつけないようなイメージよりもずっと、心の優しい親切な女性であるらしかった。

「……僕なんかの話を、聞いてくれるんですか？」

美貌が、おだやかにうなずいてくれた。

まだ迷いつつ、言葉を重ねる。

「……それがどんなに変な悩みでも……怒ったり、気持ち悪がったりせずに、受けとめてもらえますか……」

こちらの深刻さが伝わったのか、綾香も真顔になり、あらためて首を縦に振ってくれる。

「もちろんよ……人にはそれぞれ、特別な事情がありますから。どんなことでも絶対に、最後まできちんとお話を聞くって、お約束するわ」

そう言ってもらえただけで、いくらか肩の荷が下り、心が少し軽くなったような気がした。

「こんな時間だから、日を改めるべきなのかも知れないけれど……こうしてお顔を合わせたのも何かのご縁ですから……涼介さんが嫌でなければ今から、わたしの家にいらっしゃらない？」

「……いいんですか？」

まだ九月下旬とはいえ、それなりに冷えてきた夜気の中でTシャツ姿の彼を見やり、美貌がやわらかくほころんだ。

「このままあなたをほうっておいたら、お風邪をひいてしまいそうだし……少しでも気が晴れるのなら、早い方がいいでしょう？……さあ、ご遠慮なくお上がりになって。お隣同士なんですから」

言いながら綾香は自宅の玄関に向かい、ドアの鍵を開けはじめた。

これが十代の若者と三十七歳の美しい未亡人とが、深くて淫らな関係におちいっていく、最初のきっかけだった。

2

午前二時頃。

涼介の告白をすべて聞き終え、今夜のところはひとまず彼を自宅に引き取らせた綾香は、まだ喪服姿のまま、かつては夫の書斎だった部屋にしつらえた仏壇の前に、正座をしていた。

若者の「悩みごと」とは、未亡人の想像をはるかに超えた衝撃的なもので、彼女の胸の奥はいまだにざわざわと、不穏にざわめき続けていた。

（……まさか、あんなお話を聞かされるだなんて……わたしは隣人として、どうすればいいのかしら？）

小さな額の中で優しく微笑む、まだ四十代の若さで病で亡くなった夫の遺影を見つめながら、綾香は涼介の告白をあらためて、思い返しはじめた。

「……実は僕……ある女の人のことが大好きで……好きで、好きで……たまらないんです……」

リビングのテーブルに向かい合って座り、未亡人が淹れたダージリンティーを一口すすってから、ようやく彼が発した一言目がそれだった。

(……うふふ、なんだかんだいって、結局は十代らしい恋のお悩みだったのね……もっと重大な、生き死にに関わるようなことじゃなくて、ホッとしたわ)

思わず笑みを浮かべてしまいそうになるのを抑えつつ、綾香は先をうながした。

「それは男の子として、とっても自然なことだわ……お相手は、クラスメイトなのかしら?……それとも、学校の先輩?」

首が、横に振られた。

「……そんなんじゃ、ないんです……」

少しの沈黙の後、涼介は覚悟を決めたように、小さく言葉をしぼり出した。

「……僕……母さんのことが、大好きなんです……」

一瞬、何を言わんとしているのか、意味がわからなかった。

「……それって、仲の良い家族なら、当たり前のことなんじゃないかしら……」

すると若者が、真剣そのものの眼差しでこちらを見つめてきた。

「……そういうことじゃなくて……一人の女性として、僕……実の母さんに、本気で恋をして……母さんとエッチなことがしたいっていう想いで、いつも心がいっぱいで……このままだと、おかしくなっちゃいそうなんです……」

何ということだろう。未亡人は頭を鈍器で殴られたようなショックを受け、クラクラとめまいを覚えそうになった。

（……それって……近親相姦、願望……っていうのかしら……そんなことを本気で考えている男の子が、現実に存在しているだなんて……）

綾香の脳裏に、彼の母・文恵の姿が浮かんできた。

未亡人よりも五つほど歳上の彼女はたしかに、同性の目から見ても魅力あふれる美熟女で、子供のいない綾香と違って、やわらかく温かな母性に満ち満ちた、素敵な女性だった。

（……だからって、血の繋がったお母様とエッチがしたいだなんて……）

約束してしまった以上、もう聞きたくないと、ここで会話を切りあげるわけにもいかないので、未亡人は言葉を続けた。

「……でも、そういう想いを胸に秘めているだけで、実際に行動を起こしたりはしていないのよね？……」

「……はい……それが普通じゃないってことくらい、僕だってわかってますから……母さんは僕の気持ちに、まだ気づいてないはずです……でも、ムラムラする性欲だけはおさえきれないから……」

十代の童顔が目を伏せ、恥ずかしげにつぶやいた。

「……もう話しだしちゃったから、最後まで言いますけど……不愉快だったら、耳をふさいでてください……」

そんなことをしたら、懸命に赤裸々な内心を明かしてくれている涼介に失礼だとしか思えず、綾香もすべてを受けとめようと、意を決した。

「……毎日少なくとも三回は、母さんとのセックスを妄想しながら、オナニーせずにはいられなくて……最近は想像するだけじゃなく、洗濯機の中の母さんの下着を盗んで、おかずに使ったりして……」

あけすけな文言に、ドキドキと鼓動が速まっていく。

（……若い男の子だから、自慰をするのは自然なことなんでしょうけれど……日に三回もだなんて……）

そして若者はついに、ゾッとするような文言を口にした。

「……今は何とかその程度で済んでるけど……このままだと僕、もう我慢の限界で……母さんを無理矢理押し倒して……レイプしちゃうんじゃないかって……自分で自分が怖くて、仕方がないんです……」

「……いくら何でも、レイプだなんて……」

「……だって清楚な母さんが、僕の欲望を受け入れてくれるはずなんてないし……だとしたら、いつか力ずくでそういうことをしちゃいそうで……僕は、どうすればいいんでしょう……」

突然知らされた衝撃的な悩みに対する、すべてを一気に解決させられる処方箋など、綾香が持ち合わせているわけもなかった。

「……うかがったばかりだから、今はまだ、軽はずみなアドバイスなんてできないけれど……勇気ある告白をしてくれて、ありがとう、涼介さん……」

「……実の母さんに惚れちゃうなんて、ヤバいっていうか……変態ですよね……僕って、キモいですよね……」

若々しい瞳に、うっすらと涙がにじんできた。

彼の一言、一言がたちの悪い嘘や冗談ではなく、まぎれもない事実なのだと、未亡人は確信するしかなかった。

そして、たしかに正常ではないかも知れないが、だからこそ、まだ若くて不安定な彼を突き離すようなことも、したくなかった。

かたわらのティッシュを差し出してあげながら、綾香は優しく、彼に語りかけた。

「……変態だなんて……そんなことないわ。わたしから見ても、あなたのお母様はとっても素敵な方だし……涼介さんがそういう気持ちになってしまうのも、仕方がないことなのかも知れないわ……」

無意識のうちに未亡人はテーブルの上で腕を伸ばし、若者の手を両手でそっと握った。

「今夜のところは何もしてあげられないけれど、これからもわたしにできることならお力になりますから……レイプとか、お母様を傷つけるようなことだけは、決してしないって約束してね」

自信なさげに、童顔が小さくうなずいた。

「……がんばってみます……母さん以外の大人の女性に手を握られたの、はじめてです……母さんと同じくらいすべすべで、温かくて……何だかホッとしちゃいます」

そういえば夫の死後、綾香も男性の体に触れるのははじめてのことで、そう意識すると彼女もつい、胸がキュンとせずにはいられなかった。

名残りおしそうに手を離し、涙をぬぐった童顔が少しだけ、笑みを浮かべてくれた。

「……綾香さんの言ったとおり、ちょっとだけ心が楽になった気がするし、しばらくの間は変な行動を起こさずに、冷静でいられそうです……話を聞いてくれて、ありがとうございました」

そう言って頭を下げ、涼介は隣家へと帰宅していったのだった。

「……今夜のところは、いくらか彼を落ちつかせてあげられたようだけれど……お隣はお父様が単身赴任で、涼介さんはいつもお母様と二人きり……危ない状況に変わりはないわ……一体わたしは彼に、何をしてあげればいいのかしら?……」

近親相姦願望をきっぱりと忘れさせるような良案など、何も思い浮かびもせぬまま綾香が仏壇の遺影に語りかけると、ふと、亡き夫のおだやかな声が聞こえた気がした。

（たった一つだけ、いい解決策があるよ……）

未亡人となって以来その孤独感ゆえか、綾香はもの思いにふける時に、亡夫と会話をするように考えをつむいでいく癖が、いつの間にかついてしまっていた。

だが普段は、彼が何を言いそうか未亡人が自ら想像していただけなのに、今夜に限っては、天からの言葉が奇跡のように、直接耳に響いてくるようにしか感じられなかった。

いくらか戸惑いつつも、彼女はその声に語りかけた。

「……解決策って、どんな？」

懐かしい口調で、もうこの世にはいない夫が、答えてくれた。

（綾香が涼介君を、お母さん以上の深い愛情で包みこんで、たまりきった性欲を全部受けとめてあげればいい……そうすれば彼は心身共にすっきりして、お母さんに無茶なことをする危険も、避けられるだろう？）

「……そんな……わたしに、彼とそういう行為をしろというの？……あなたを失ったことがあまりにも辛すぎたから、もうこれからは誰も愛さない、新しいパートナーも作らないって、決めていたのに……」

その通り、綾香は今日に至るまでストイックに、ひっそりと独り身を貫きとおしてきた。

服飾デザイナーという職業柄、仕事で出会う男性たちは魅力的な者も少なくなく、一周忌あたりを境にそのうちの何人かから、交際の誘いを受けてもいたが、彼女はそれらを鼻も引っかけずにいた。

(ちょうど三回忌も済んだところだし、僕はいつまでも君を縛っていたくなんかないんだ……君には僕の分まで、幸せになってほしいし……)

優しい夫は病の床で、たしかに何度も口癖のように、「僕の分まで、精いっぱい幸福に生きるんだよ……」とつぶやいていた。

(……もちろん、十代の男の子と本気で恋をしろって言ってるわけじゃない……これは何よりも、人助けなんだ……綾香が何もせずにいたら、涼介君は重大なあやまちを犯してしまうかも知れないんだよ)

「……それは、そうだけれど……」

(彼の告白を聞いてしまった以上、綾香には涼介君に救いの手を差しのべてあげる、責任があるんじゃないのかな？……というより、誰よりも優しい綾香に、見て見ぬふりをし続けることなんて、できないんじゃないかな)

そう指摘されると、弱かった。もしも隣家で人の倫理にもとる交わりが実行されてしまったとしたら、それをみすみす放置していた自分は、どんなに強い罪悪感を覚えることだろうか。

「……けれどわたしがその気になったとしても、涼介さんはお母様に夢中なのよ……彼の気持ちをわたしに向けさせることなんて、できるのかしら?」

遺影の微笑みが、いっそう温かくほころんだ、気がした。

(綾香と一緒にいる間、僕はいつも君に言ってただろう……綾香ほど美しい女性は、他にこの世にいない……しかも普段は誰よりも清らかなのに、ベッドでは誰よりもエロティックに淫らに、僕を喜ばせて、満足させてくれるって)

思わず、ほほが赤らんでしまう。自ら認めるのには抵抗があったが、未亡人は最愛の夫に情熱的な性的奉仕をすることが、大好きでたまらなかった。

(相手は、十代の男の子だよ。綾香が全身全霊をこめてセクシーに魅了すれば、彼はイチコロでお母さん離れができるはずだ……近親相姦という罪を未然に防げる唯一の特効薬は、それしかないんだ……)

「……わたしが涼介さんを誘惑することが、ただ一つの、特効薬……」

(……誰よりも美しく、艶やかで、心の優しい君だけが、未来ある若者をあやまちから救ってあげることができるんだ……)

それきり、懐かしい夫の声はもう聞こえなくなってしまった。

喪服姿の清楚な未亡人は、これから自らが何をすべきか、静かにゆっくりと、覚悟を決めていった。

3

数日後の、土曜の昼下がり。

シャワーで身を清め、念入りに身づくろいを終えた未亡人は、寝室の姿見に映る我が身を見つめた。

(……こんな感じなら、涼介さんをその気にさせられるかしら?)

普段はむしろ目立たぬように、美貌をあえて際立たせたくなくて、綾香は常に、ほぼすっぴんでいるのが習慣になっていた。

だが今日に限っては少し濃いめのメイクをほどこし、いつもアップにまとめているロングヘアを、背中までストレートに下ろしてみたのだった。

慎み深い彼女自身にはそんな尊大な自覚はなかったが、その美貌は輝くばかりにゴージャスで、三十七歳ゆえの大人の色香を上品に、しかしフェロモンたっぷりに匂い立たせていた。

視線を顔からその下へと、移していく。

（……こんなきわどい衣装、今まで身に着けたこともなかったけれど……きちんと着こなせているかしら……）

職業柄センスは良いながらも、いつもシックで地味な服装に徹してる未亡人がまとっているのは、体にぴったりとフィットしてボディラインも露わな、ハイブランドのパーティドレスだった。

仕事で依頼されてデザインしたものは、その完成品を進呈されるのが業界の習わしになっていて、このワンピースのロングドレスも、そのうちの一つだった。

（……一度も袖を通さず、ずっとしまい込んだままだったのに……まさかわたし自身が着ることになるなんて、思いもしていなかったけれど……）

その薄衣は、ハリウッドのセレブ女優がレッドカーペットでまとっているような、普通の水着よりも素肌が露わな、過激なまでにセクシャルなデザインのものだった。

何しろ真っ白ですべすべな背中は、ほぼヒップの割れ目の直前までむき出しで、襟ぐりもかなり深く、生バストは肉丘の半分近くが丸見えなのだから。

ドレス自体の面積があまりにも極小で、着けるとはみ出てしまうので、当然未亡人は、ノーブラだった。

（……ブランドの希望に合わせてわたしが作ったとはいえ……十代の男の子には、刺激が強すぎるかも……しかもサイズは合っているはずなのに、お胸が少し苦しいわ……）

綾香は歳のわりにはすらりとした、スレンダーなボディを保っているのにもかかわらず、バストはGカップという、アンバランスなまでの巨乳の持ち主だった。

少し体を左右に動かしただけで、小さすぎる器に盛られたプリンがこぼれ落ちそうになるように、もろ出しの半乳がプルルン、と揺らめいてしまう。

（……けれどこの位強気に攻めなきゃ、涼介さんのお母様への想いを断ち切らせることは、できないでしょうし……恥ずかしがっていないで、全力でがんばらなきゃ……）

するとその時、ドアチャイムが鳴り響いた。

たまたま今日から一泊二日で、彼の母が単身赴任の夫の家事の世話をするべく家を空けるというので、

「お一人なら、午後のお茶と夕飯をご一緒にいかがかしら？」

という名目で誘っていた、涼介の来訪だった。

改めて姿見の我が身を見つめ、綾香は自己暗示を掛けるように、胸の中で唱えた。

（……わたしはとっても淫らな、独り身で欲求不満の未亡人……どうしても隣家の男の子を誘惑せずにはいられなくなってしまった、いやらしい熟女……さあ綾香、娼婦のような淫乱女になりきって、涼介さんの心を奪うのよ……）

リビングに通されソファに座った涼介は、目のやり場に困ってうつむきがちに、心臓が高鳴ってしまうのを抑えることができずにいた。

何しろ先夜と違って、ほぼ半裸のような衣装の綾香が、高級そうなケーキと紅茶をテーブルに置いた後、ソファに並んで座って、こちらに密着せんばかりに寄りそってきたのだから。

「……ふ、普通にお茶にお呼ばれしただけだと思ってたんですけど……どうしてそんな、すごい服装なんですか……」

「うふふ、気にすることなんてないわ。これはわたしがお仕事でデザインしたものので、完成したらきちんと着心地良くできているかどうか、自分で試着することにしているだけなの」

平然と言われてしまうと、たしかにプロの服飾デザイナーとはそういうものなのかとも思えたが、胸もとから溢れでんばかりの巨乳がどうにも気になり、若者は落ちつくことができなかった。

「……ところであれから、お母様には何もせずに辛抱できているの？」

正直に、うなずく。未亡人への告白にはそれなりの効果があり、彼は以前よりも自制をして、平常心を保って生活し続けていた。

「嬉しいわ、涼介さん。わたしとのお約束を守ってくれているのね……とっても偉いわ」

そっと綾香の白魚のような手指がジーンズに包まれた太ももに置かれ、「いい子、いい子」をするようにさわさわと撫でまわしてきた。

（……え？……綾香さんたら、何してんだろ……でも、女の人にこんなところを触られるのなんて、初めてだ……すごく、心地いい……）

「ねえ、ちゃんとわたしを見て……目と目を合わせながら、お話ししたいわ」

うながされるままに、美貌と見つめ合う。きっちりとメイクが施されているせいか、未亡人はいつも以上に美しく、妖艶な雰囲気がムンムンと匂い立っていた。

「……それじゃあ、こちらの方はどうしているの？……毎日三回はオナニーをすると、言っていたでしょ?……今日はもう、何回済ませたのかしら?……」

驚きのあまり、涼介はソファから飛び上がりそうになってしまった。

太ももをくすぐるように回遊していたやわらかな手が、少しだけためらうような気配を見せた後、いきなり股間を優しく包みこんできたからだ。

(……ヤバいって、そんなところタッチされたら……)

実母を慕うあまりに、未だに同年代のガールフレンドもできたことのない童貞のペニスは、瞬時に最高潮に充血してしまわないわけには、いかなかった。

「……うふぅん、すごぉい……ほんのちょっとお触りしただけで、こんなに硬く、大きくなって……」

戸惑うばかりで彼女の手を振りほどくことさえ思いつかぬまま、涼介はどぎまぎするしかなかった。

「……ごめんなさい……勝手にあそこがこうなっちゃって……自分じゃ、どうすることもできなくて……」

「ああん、あやまるなんておかしいわ。わたしがタッチしたせいなんですから……それで今日はもう何回ここを、シコシコしたのかしら?」

マスターベーションの件は、もともとこっちが一方的に彼女に伝えてしまったことなのだから、これも正直に答えざるを得なかった。

「……今のところはまだ、一回だけです」

宝石のような瞳をとろんとさせながら、温かい吐息で彼の唇をくすぐらんばかりに、美貌が間近に迫ってきた。

「だとしたら、あと二回分のお射精を……わたしにお世話させて欲しいの……お願い涼介さん……お母様じゃなくてわたしと、エッチなことをしましょう」

それからの数瞬、若者は我が身に何が起こったのか、わけが分からなかった。突然ふっくらしたプルプルの美唇が自らの口にムチュウッと押しつけられ、ややあった後に、温かくぬめった舌が口内にニュルリと潜りこんできたからだ。

（……これって、キス？……僕、隣の未亡人さんに、ファーストキスをいきなり奪われちゃったってこと？……）

童貞なだけでなく、十代の彼は今日まで接吻さえも、未経験なままだった。

（……ああ、綾香さんの清潔な舌が、優しく僕の口じゅうを舐めまわしてきて……すごく気持ちいい……無理矢理されちゃったのに、全然抗えないよ……）

催眠術をかけられたように、無意識のうちにこちらも舌を差しのべていくと、未亡人舌が抱きしめてくれるようにニョロニョロとからみついてきて、二人はネッチョリとディープキスを味わい続けた。

ニュルニュル……クチュクチュ……。

（……はぁ……綾香さんの唾、ほんのり甘くて、みずみずしくて、とっても美味しい……レロレロ舐められて、しゃぶられて……舌がトロトロにとろけちゃいそうだ……）

快感は口中だけにとどまらず、大人のエロティックな接吻の興奮から、相変わらず愛撫されているズボンの中の勃起までもが、ビクン、ビクンと弾まずにはいられなかった。

チュウゥゥッ……と音を立てて粘膜同士の密着をはがし、唇と唇との間にツーッと唾液の糸を引きながら、美しい顔が離れていった。

「……舌づかいがとっても初々しくて、可愛らしかったわ……もしかして涼介さん、キスをするのは……」

恍惚感で頭をぽうっとさせながら、うなずく。

「……はい、初めてです……チュウだけじゃなく、僕……こういうことは何もかも、未経験で……」

「……そうだったのね……けれどあなたは嫌がったりせずに、わたしの口づけを受け入れてくれたわ……どうかこのままその先の初体験も、わたしの体で味わって欲しいの」

どうしてこんなことになったのか、涼介はまだ理解が追いつかず、聞き返しかなかった。

「……綾香さん、今日は変ですよ……今までそんなエッチな雰囲気、少しも僕に見せてなかったのに……急に、どうしたんですか？」

すると未亡人がねっとりと湿った視線でこちらを見つめ、クネクネとボディをくねらせ、巨乳をプルプルと揺らめかせた。

「……あの夜、涼介さんのアブノーマルな告白を聞いてから、わたしまで淫らな気分に火がついてしまって……夫を失ってずっと一人ぼっちで、さみしくて、欲求不満で悶々としていたから……あなたが欲しくなってしまったの……」

（……たしかに孤独だったのかも知れないけど……僕の話でこうなっちゃうなんて……そんなことって、あり得るのかな？……）

美女の真意を計りかねたままの若者の、もっこりと怒張した下腹部を、綾香の手がいっそう大胆に擦るように、いじくってきた。

「こんなになったアソコを、このままにしてはおけないでしょ？……お願いだからわたしに、若くてたくましい……オ、オチ×ポのお世話をさせて……裸になって、生の素敵な勃起オチ×ポを、わたしに見せて」

本来は言い慣れていないのか、少し口ごもるように淫らな言葉を発しながら、未亡人が乞うてきた。

「……でも、こんなことって許されるんでしょうか……僕と綾香さんは、恋人同士でもなんでもないのに……」

美貌がおだやかにこちらを説得するように、微笑んだ。

「……これはただ、わたし達の満たされない心身を慰め合うだけの、相互セラピーのようなものなの。近親相姦に比べたら、少しもとがめられるようなことじゃないわ……脱ぐのが照れくさいのなら、まずはわたしから……」

優しい笑みを浮かべながら、綾香が上品な仕草で首もとの結び目をほどくと、柔らかな生地がスルスルと滑り落ちていき、美熟女の上半身がへそ下まで一気に露わになった。

「……す、すごい……」

あまりのまぶしさに目がつぶれてしまうかと思うほど、未亡人の裸身は完璧に美しく、見ているだけで射精しそうになるくらい、エロティックだった。

メロン並みにたわわな乳房は綺麗な球形を保っていて、わずかも垂れておらず、薄桃色の乳首をツンと上向きに尖らせていて、ぜい肉のないウエストは二十代のようにキュッと引きしまっていた。

（……こんなに綺麗な裸、ＡＶでも観たことないよ……もう、我慢できない……どうせ母さんとの恋が実らないのなら……このまま綾香さんに身を任せて、母さんへの想いを全部、忘れさせてほしい……）

未亡人からの誘いを了解したことを示すように、涼介はソファから立ち上がってＴシャツを脱ぎ捨て、ジーンズのベルトを外しはじめた。

4

（ここまでは順調だわ……お母様への気持ちを払拭できるように、涼介さんに最高の初体験をプレゼントしてあげなきゃ……いいこと、綾香。もっとセクシーに、淫らに振る舞って、この子を心から喜ばせられるようにつとめるのよ……）

あらためて自らを鼓舞しつつ、こちらに背を向けてボクサーパンツを足首から外し、全裸になった若者に艶やかな声を掛けた。

「うふぅん、その気になってくれて嬉しいわ……さあ、涼介さん、こっちを向いてわたしにお体を……ひさしぶりの本物のオチ×ポを、じっくりと拝ませて……」

おずおずと涼介が振り向き、彼のすべてが未亡人の視界に、つまびらかになった。

美熟女は、ため息を漏らさずにはいられなかった。中肉中背のボディに対し、ギンギンにそそり立ったペニスがアンバランスなまでに長く、太かったからだ。

（……すごいわ……まだ成長途中だというのに、夫よりも大きい……けれど、夫と同じように仮性包茎さんで……何だか懐かしくて、親近感がわいてしまうわ……）

若々しく極限まで反りかえった勃起に吸い寄せられるように、綾香はソファを降りてカーペットの上にひざまずき、涼介の下腹部に美貌を近づけていった。

「とっても立派な、大人のオチ×ポよ……眺めているだけで、惚れ惚れしてしまうわ」

「……そんなことないです。皮も、かぶったままだし……」

「うふふ、気にすることなんてないわ。日本の男性は、そういう方も沢山いるそうだし……わたしが優しく、ムキムキしてあげますからね……」

そっと指先を添え、先端を半分以上覆っている包皮をムニュリとめくり、亀頭を露出させてやる。

するとと汗と、既に一度済ませたという自慰の名残りの精液臭が混じりあった、濃厚な「性の匂い」が、未亡人の上品に形の整った鼻孔をムッと突いてきた。

だが、少しも抵抗感を覚えたりは、しなかった。

（……そういえばわたし、男性の体臭が愛しくて……お風呂に入る前の夫とエッチをすることとも、全然嫌じゃなかったわ……育ち盛りだからかしら、涼介さんは夫よりも匂いが強いけれど……それでも、ちっとも不快なんかじゃないわ）

まだ何もしていないのに、もう尿道口にカウパー液のしずくを浮かべている肉棒を見つめ、ささやく。

「……すごく美味しそう……お口で、おしゃぶりしてもいい？」

十代の男の子が、初々しく反応する。

「……いきなり、フェラチオしてくれるんですか？……昨日から洗ってない、汚いチ×ポなのに……」

（……今さらシャワータイムを挟んだりしたら、そこで気持ちが冷めてしまって、わたしの誘いが台なしになってしまうかも知れないし……このまま続けなきゃ）

身をくねらせ、むき出しの生巨乳をブルリン、ブルルンと揺らめかせて挑発しながら、おねだりしてみせる。

「いやぁん……欲求不満のさみしい未亡人にとっては、エッチな匂いまみれのままの方が、上等なご馳走なの……お願いだからこのまま、ビンビンのオチ×ポさんを味わわせて」

そして彼の了承を得る間も待たず、ピンクの清潔な舌を伸ばして、まずは先っちょから垂れ落ちそうなカウパーをそっと、ペロリ、ペロリと舐め取っていく。

若者の全身と屹立が、連動するようにビクビクッと震え出した。

「……ああ……くすぐったいけど、気持ちいい……」

（……夫のものよりも太いから、お口を思いきり開けて気をつけないと、歯を立ててしまいそうだわ……）

注意しながら未亡人は肉厚のリップをあんぐりと広げ、童貞らしくまだ色素の薄いカリ首を丸ごと、パックリと口内に含んだ。

「……うはぁ……綾香さんのお口の中、ヌルヌルして、温かい……」

唾液でなめらかに潤した唇で敏感なエラをキュッと締めつけ、まずはスローペースでゆるゆると、しごいてやる。

（……擦るだけじゃなく、舌で裏筋のところをレロレロ舐めてあげて……でも、初めてなんですから刺激が強すぎないように……すぐにいってしまわないように、存分に楽しませてあげなきゃ……）

未亡人からの奉仕に酔えば酔うほど、彼は母離れをできるはず、と綾香は慎重に口唇愛撫を続けていく。

ニュルニュル、ニュルニュル……レロレロ、レロレロ……。

「……信じられないくらい、最高です……自分の手でシコるのとは段違いに、感じちゃいます……」

歓喜の言葉を漏らしてくれるのが素直に嬉しく、綾香は摩擦のみにとどまらず、時おりキャンディーをねぶるように亀頭をチュパチュパしたり、片手で玉袋をやんわり揉み揉みしたりと、愛撫を重ねていった。

とはいえ刺激しすぎないようにと気を配ったつもりだったが、童貞のペニスは当然ながら、初めての快楽に対してそれほど強靭ではいられなかった。

「……綾香さん……あまりにも気持ち良すぎて、僕、もう……出ちゃいそうです……」

ガチガチの勃起を清楚な美貌にくわえたまま、未亡人はティッシュを探そうとしたが、残念ながらそれは、手の届く場所には置いていなかった。

（……仕方がないわ……夫にも一度か二度、そうしてあげたことがあったから……このまま、お口の中で受けとめてあげますからね……）

心地よくフィニッシュを迎えられるようにと、美熟女は巨乳をたっぷん、たっぷんと弾ませながら、美貌をピストンさせる速度を上昇させていった。

ニュルニュル、ニュルニュル……グッチュ、グッチュ、グッチュ……。

「……うぁあっ……い、いっくぅぅぅっ……」

ドピュ、ドピュ、ドピュピュピュピュッ……。

勢いよく口内を満たしてくる青臭い体液に、それをはしたなくこぼしたりしないように懸命にすべて受けとめつつも、未亡人は驚きを禁じ得なかった。

（……嘘みたい……夫よりも、倍以上も量が多いわ……若い男の子って、こんなにいっぱい出るのね……）

健康な生命力に、美女は嫌悪感とは真逆の感動のようなものを覚えつつ、最後の一しぼりまでを残さず口内におさめきり、チュポン……と音を立てて美貌を肉竿から遠ざけた。

腰が抜けたようにヘナヘナと座りこんだ涼介が、いっぱいの濁液でほっぺをぷっくりと膨らませたこちらの顔を、見つめてきた。

「……綾香さんのフェラ、超最高すぎて……このところずっと心が落ちつかなかったのに、何だかホッとするような感じがして……こんなに気分が癒されたの、いつぶりか、わかんないくらいです……ありがとう、ございます」

特効薬が功を奏しつつあるのは、明らかだった。

未亡人は喜びに胸を躍らせつつ、舌上で若者のザーメンを味わいながら、その処理の方法を思案していた。

（……愛する夫のものでも、さすがにクセがきつくてお口から出していたけれど……若いからかしら、涼介さんのお精子はみずみずしくて……少しも嫌な感じがしないわ……だったら、もうこのまま……）

なぜだろうか。初めての試みだというのに美熟女はわずかな抵抗感もなく、ごく自然に、濃厚な精液をコクリ、コクリと飲み下していった。

（……んふぅん……ねっとりからみつくような喉ごしも心地よくて……とっても美味しくて、ゾクゾクしてしまうわ……）

完飲し、「ふぅぅぅ……」と満足げに息を漏らす綾香を、若者が目を丸くして、見つめてきた。

「……信じられない……不味かったでしょ」

本心から首を横に振り、微笑む。

「それどころか、とっても美味しかったわ。ごちそう様でした、涼介さん……」

一礼しつつ彼の下腹部に目をやった未亡人は、十代の精力に驚異を感じずにはいられなかった。

あれほど放出したというのに、いまだに涼介の若棒がパーフェクトな膨張を保ったままだったからだ。

「……毎日何度も出しているとはいえ、さすがにエクスタシーの後はいったん、おとなしくなるものだと思っていたのに……」

「だって綾香さんがめちゃくちゃエロ過ぎるから……もっと慰めて、癒してほしいって、チ×ポがしずまってくれないんです……」

だったらこのまま「母離れ計画」を続行した方が、より大きな効果を得られるだろうと、未亡人は心に決めた。

（……というか、この子を助けるためだけじゃなく……わたし自身まで、こうしていると身も心も癒されていくような気がするわ……）

「さみしくて、欲求不満」というのは涼介を誘うための口実などではなく、これまで自覚していなかったリアルな本心だったのかも知れないと、綾香は実感しつつあった。

「頼もしいわ、涼介さん……それじゃあ今度は、おフェラなんかよりももっと素敵で、いやらしいセラピーで……お互いを癒し合いましょうね」

立ち上がって、ウエストにわだかまっていたロングドレスをスルスルと脱ぎ落とし、熟女らしく豊満なヒップを包んでいる黒レースのショーツのみの裸身を、さらしていく。

「もっと素敵で、いやらしいって……」

女体をくねらせ、巨乳をプルン、プルンと弾ませながら最後に残った下着をも両手で下ろして、全裸になっていく。

「……うふぅん……もちろん、セックスよ」

ささやいてやると期待に打ち震えるように、まだ清らかな未経験ペニスがビクン、ビクンと跳ね上がって、止まらなかった。

（……いたいけな男の子の童貞を奪ってしまうなんて、本当はいけないことなのかも知れないけれど……もともと彼が求めていたのは、お母様との交わりなんですから……ここまでしなきゃ、特効薬にはならないはずだわ）

もう一度ソファに座り直し、美女は涼介を手招きした。

「はじめてなんですから、きちんとお上手にオチ×ポを入れられるように……まずは女性のアソコがどんなものなのかを、しっかりと確かめてみて……」

片脚ずつを長椅子の上に載せ、ゆっくりと股をひろげていくと、引き寄せられるように若者がこちらの下腹部に、顔を近づけてきた。

「……本物のアソコを……オマ×コを、見せてくれるんですね……」

卑猥な四文字の響きに、本来は清楚で上品な未亡人のハートが、ドキンと高鳴る。

（……この子ったら、そういう言葉づかいが好きなのね……夫には望まれなかったから、これまで一度も口にしたことはないけれど……それで涼介さんを興奮させられるのなら、わたしも、あなたに合わせてあげますからね……）

当然抵抗感はあったが、美熟女は意を決し、淫語が大好きでたまらないかのように艶っぽい笑みを浮かべながら、温かく、優しく、いやらしい声音でささやき返した。

「……あふぅん、そうよ……オ、マ、×、コ……初々しいオチ×ポを欲しがってる淫らな未亡人のオマ×コを、じっくりと見せてあげるわ……」

股間を前に突き出すように両ももを思いきりひろげ、柔軟にM字開脚ポーズを取ってやると、若者が感激したように息をついた。

「……これがリアルな、綾香さんのオマ×コ……すごく上品に、マン毛がほんのりとしか生えてなくて……肉厚の小陰唇も、きれいにお口を閉じていて……すごくエロい、眺めです……」

「うふぅん……外側よりも中身の方が、熟したオマ×コはもっとエッチなのよ……しっかりと観察して、きちんとオマ×コのお勉強をしましょうね……」

求められてもいないのに未亡人は自らの指を肉びらに添え、ムニュゥッと左右にひろげて内部をご開帳してやる。

(……何も考えていないのに、自然にこんなことまでしてしまうなんて……やっぱりわたしったら、涼介さんとのむつみ合いが嬉しくてたまらないんだわ……この子を救うことでわたしも救われているのは、まぎれもない真実なんだわ……)

もしかすると涼介はずっと一人ぼっちだった綾香への、亡夫の天国からの贈りものなのかも知れない、と未亡人は心の底から思いはじめていた。

女性の神秘をはじめて目の当たりにした男子が、感激も露わに声を震わせる。

「……綾香さんの言うとおり、オマ×コの中身、めちゃくちゃいやらしいです……一番上にプリッと尖ってるのがクリトリスで……オシッコの穴の下に小さく口を開いてるのが……膣、ですよね」

「んふぅん、よくできました……未経験なのにちゃんと予習はできていて、涼介さんは優等生なのね」

「……まだ何もしてないのに、綾香さんの膣の奥から透明なおつゆが、トロトロにじんで……」

自分では気づいていなかったので、羞恥心から美貌をほんのりと火照らせつつも、綾香は淫乱未亡人になりきり続ける。

「いやぁん……童貞さんのあなたにオマ×コを見せることが嬉しくてたまらないから、それだけで興奮して、濡れてしまったの……指を入れて、いじくってみて」

うなずき、涼介がおそるおそる人さし指を伸ばし、ニュルウゥッと刺しこんでくると、甘くしびれるような快感が女体に走り、美熟女は巨乳をプルルンと揺らめかせた。

「……あくぅん……気持ちいい……」

「……オマ×コがしっとり吸いついて、指をキュウッと締めつけてきて……こんなに細い穴に、ちゃんとチ×ポが入るんですか？……」

「……うふぅん……入るかどうか、確かめてみましょうね」

ニュプッと彼の指を抜いて立ち上がり、若者をカーペットにあお向けに横たえさせ、全裸未亡人はその上にまたがっていく。

「はじめてのセックスはわたしがリードしてあげますから、涼介さんは安心して身を任せてね……」

猛った肉幹を片手で握り、腫れきった亀頭をクリトリスに擦りつけ、膣内がより潤うようにと、軽く刺激していく。

（……コンドームを用意するのをうっかり忘れてしまったけれど、きっと大丈夫よね……夫ともずっと生でしていたのに、結局わたしは妊娠できなかったし……）

正式に医師からの診断を受けたわけではなかったが、綾香は自らがかなり孕みにくい体質なのだと、経験から理解していた。

「あふぅん……クリトリスをグリグリされただけで、どんどんわたしの中がグチョグチョになっていくわ……さあ、準備が整ったから、はじめましょうね」

そそり立つ肉棒の角度を調整し、愛液に満ちた膣口にヌチュッとあてがっていく。

「……入れるわよ、涼介さん」

亡夫よりも太いカリ首だけあって、一瞬の抵抗はあったが、熟口はムニュウッとひろがって無事切っ先を迎え入れ、M字開脚でまたがった未亡人はゆっくりと、ヒップを下ろしていった。

ニュプ……ニュプ……ニュプ……。

「……はぁぁぁ……」

ペニスの根もとまでを完全に女陰が飲みこみきるのと同時に、男女は声をそろえるように、喜びの息を深く漏らした。

（……まだ動かしてもいないのに、いきなり先っちょが子宮の入り口に当たってるわ……涼介さんのオチ×ポ、ほんとに大きいのね……）

「……ほんとに、入っちゃったんですね……綾香さんのニュルニュルのお肉にねっちょり抱きしめられてる感じで、温かくて、すごく心地いいです……」

若者の両手を持ち上げ、双乳に導いてやる。

「そういえば、まだオッパイには触れさせてあげてなかったわね……気が利かなくて、ごめんなさいね」

左右の手指が巨乳を下からすくい上げるように包みこみ、やんわりと揉みしだいてくる。

「……ずっしり重くて、とろけるように柔らかいのに……指をはね返すくらいの弾力があって……夢みたいな感触です」

その賞賛が本心であることを証明するように、膣道の中で男根がヒク、ヒク……と躍り上がった。

「……んふぅん……お胸はオマ×コの次に敏感な、女性にとっての大切な性感帯ですから……まぐわいながら、オッパイも可愛がってほしいの……さあ、動かしていくわね」

ゆるやかなスクワットをするように、未亡人はゆっくりとヒップを上下させはじめる。

「……くはぁぁ……チ×ポにグチュグチュのお肉が、ネチョネチョ擦れて……フェラも最高だったのに、その何倍も気持ち良くて……おかしくなっちゃいそうです……」

ヌッチュ……ヌッチュ……ヌッチュ……。

（……んぐぅん……ひさしぶりの、セックス……しかも夫よりも立派で、若くて元気いっぱいの、ギンギンオチ×ポ……わたしも感じてしまって、どんどん高まっていくのを、抑えられないわ……）

ピストンのペースが速まっていくのに合わせ、遠慮がちだった乳揉みの握力も、少しずつ強まっていく。

「……うふぅん、もっと乱暴に揉み揉みしても、いいのよ……わたし、そうされる方が好きなの……乳首も、ピンと硬くなってきたでしょ……そこもいじくって、愛してあげて……」

いつしかコリッと充血していた乳頭を、若者の指先がつまみ、クリクリともてあそんでくる。

「……あひぃん、そうよ……強く引っぱっても、つねっても、好きにしていいのよ……欲求不満の未亡人のオッパイは、あなただけのオモチャなんですから……」

ヌッチュ……ヌッチュ……ヌッチュ……ヌッチュ……。

巨乳を熱っぽく愛撫されながら、騎乗位ピストンの上下運動を、グングン高速化させていく。

「……いひぃん……涼介さん、いきたくなったら、いつでもいってかまわないんですからね……このままわたしのオマ×コの中に、おザーメンを中出ししてね……」

ささやきながら、自らの言葉に驚きを禁じ得ない。

(……わたしったら、何てことを……念のためにお外に出した方が安全に決まってるのに……やっぱりわたし、この子とこうすることが嬉しくて嬉しくて、たまらないんだわ……）

丸々と豊かなヒップをアップダウンするだけでなく、時おり惑わすように左右にクネクネとグラインドさせつつ、未亡人はあらためて自らの本心を、意識していく。

（……ただ人助けのためだけに、ここまでのことができるわけがないもの……わたし、夫を亡くしてからはじめて……別の男性に、恋をしてしまったのかも知れない……）

ムニュリ、グニュリ……と巨乳を揉みしだき、ジッとしたまま熟膣に若棒をしごかれている男子が、つぶやく。

「……めちゃくちゃ感じちゃってるけど、さっき射精したばかりだから……今度はすぐにいかずに、もう少しがんばれそうです」

頼もしい言葉だったが、美女は焦らずにはいられなかった。

（……いやぁん……大人の女性として、きっちりと初体験をエスコートしてあげたかったのに……わたしの方がどんどんたかぶってしまって……先にエクスタシーに達してしまうかも、知れないわ……）

綾香は怖くなって抜き差しのテンポをスローダウンさせていったが、それでも膣道を擦り上げる若ペニスの快楽は、少しも弱まってはくれなかった。

繋がり合ったまま上半身を屈していき、豊乳をムニュリと彼の胸板に押しつけ、抱きしめて見つめ合う。

「……わたし、ひさしぶりの生オチ×ポに感激しすぎて……オマ×コが、もう堪えきれそうにないの……大人げないけれど、わたしが先に達してしまったとしても、許してね……」

「……そんな……童貞チ×ポで綾香さんをいかせられるとしたら、僕、そっちの方が嬉しいです……気にしないで、いっぱい感じてください」

と、それまでされるがままだった涼介が未亡人をきつくハグし、ぎこちないながらも腰を突き上げはじめた。

グッチュ……グッチュ……グッチュ……グッチュ……。

「……あひぃん……そんなにされたら……ほんとにグングン高まって……オマ×コが、燃え上がってしまうわ……」

下から豪棒を熱々にとろけいく膣穴に打ちこみつつ、涼介がうめく。

「……くはぁ……綾香さんのオマ×コ、突き刺せば突き刺すほど、ネッチョリチ×ポを締めつけて……生きものみたいにウネウネうごめいて、しごいてきて……僕も、一気に高まってきました……」

見つめ合い、ささやく。

「……わざとじゃなくて、感じれば感じるほど、オマ×コが勝手にそうなってしまうの……でも、嬉しいわ……このまま二人でいっしょに、初セックスの絶頂を味わいましょう……」

若者がうなずき、ラストスパートをかけるようにピストンを加速させてきた。

「……んひぃぃぃん……す、すごぉい……わたし、もう……」

股間から全身へと駆けめぐっていく巨大な快楽に女体をうねらせる未亡人に、涼介も応える。

「……僕ももう、限界です……」

そして男女は心身をシンクロさせるように同時にガクガクと悶え、声をそろえた。

「……い、いっくぅぅぅっ……！」

ブピュ、ブピュ、ブピュピュピュピュピュッ……！

（……ああん、素敵……おフェラの時よりもいっぱいのおザーメンが、まるでオシッコみたいに、どんどんわたしの中に注ぎこまれて……しびれるような快感が、いつまでも止まらないわ……）

どのくらい継続しただろう、通常ではあり得ないような長いエクスタシーの恍惚がゆっくりと潮を引いていくと、美熟女は若者にぐったりと体重をあずけていった。

まだ挿入されたままのペニスが膣内で、ゆるゆると萎んでいく。

「……はぁ……はぁ……良かったわ、涼介さんのオチ×ポ、満足してくれたのね……」

「……はぁ……はぁ……はぁ……だってこんなに幸せな射精、生まれてはじめてだし……もう僕、童貞じゃないんですね……綾香さん、ありがとうございます……」

（……幸せだなんて、そんなことを言われたら、胸がキュンキュンしてしまうわ……）

また、見つめ合う。今となってはもはや、未亡人は目の前の初々しい童顔が、愛しくて愛しくてたまらなかった。

「……さみしくて欲求不満だからと、あなたを誘惑したつもりだったけれど……もう、それだけじゃないの……わたし、涼介さんが大好きよ……」

戸惑いに、若者が目を丸くする。

「……綾香さんみたいに綺麗な、大人の女性が……僕なんかのことを？……」

「それこそ母子ほども歳が離れているから、あなたの恋人になりたいなんてことは、考えてもいないけれど……」

ついさっきまでの娼婦のような淫らさとは裏腹の、生来の慎み深さをにじませつつ、ささやく。

「お母様のことがきちんと忘れられるように……そのためなら、わたしがどんなことでもしてあげますから……これからも、この関係を続けていきましょう」

未亡人は美唇から潤った舌を伸ばし、十代の男の子にネッチョリと濃厚な大人のディープキスを、情熱的に仕掛けていった。

第二章　身体を重ねるたびに深まる姦係

1

「ごちそう様でした。綾香さんのビーフシチュー、すごく本格的で、めちゃくちゃ美味しかったです」

童貞を卒業させてあげた同日の、午後七時過ぎ。

腕によりをかけて手作りした、早めの夕飯をペロリとたいらげた涼介が、満足げに微笑んでくれた。

「お口に合ったようで、ホッとしたわ……お料理上手のあなたのお母様には、とても敵わないでしょうけれど」

テーブルに向かい合って腰掛けた未亡人も、おだやかに笑みを返す。

「……それは、しょうがないですよ。母さんは専業主婦だから家事の専門家だし、小さい頃からずっと母さんの味で、育てられてきたから……」

そう答えられてしまうと、胸の奥に残念な気持ちがわき上がってくる。

（……いやだわ、わたしったら……お世辞でも、綾香さんの方が美味しかったとか何とか、言ってほしかったのかしら……まるでお母様に負けたことが悔しくて、嫉妬してしまっているみたい……）

食後のアイスティーを味わっている隣家の息子の童顔を、見つめる。

「……ところで涼介さん、今のお気持ちを聞かせて……お母様への想いを、断ち切ることはできそう？……」

自問自答するようなしばしの沈黙の後、涼介が口を開く。

「……エッチをしてる間は綾香さんだけに夢中で、母さんのことは一瞬も思い出さなかったけど……こうして普通にしてると、元に戻っちゃったみたいで……まだ、自信はありません……」

それはたしかに、その通りなのだろう。数年間に及ぶ実母への恋慕を、たった一度のまぐわいだけで消し去ることができるなどという甘い考えは、未亡人自身も持っていなかった。

（……明日にはもう、お母様も戻ってきてしまう……今夜のうちに、わたしにできることならどんなことでもして、少しでも涼介さんを治療してあげたいわ）

立ち上がって食卓を回りこみ、座ったままの若者を背後から抱きしめると、綾香はジーンズの上からそっと彼の股間を撫でさすった。

「……な、何してるんですか……あまり長居すると悪いから、今日のところはそろそろ帰るつもりだったのに……」

そんな言葉とは裏腹に、ズボンの生地の内側があっという間に硬く、大きく膨張していく。

あれだけ射精したのだから、もう少し反応が鈍いだろうと予想していたのに、十代の健康なペニスにとってはわずか数時間の休息だけでも、精力の回復には充分すぎるらしかった。

「うふぅん、ダメよ……今夜はこのまま、お泊りしてほしいの。わたしが一晩中あなたに尽くして、心をこめて元気なオチ×ポのお世話をしてあげますから……」

温かく湿った吐息で耳もとをくすぐるようにささやきかけると、母への恋心は拭えなくとも目先の欲情には抗えないのか、涼介が、静かにうなずいてくれた。

＊

約一時間後。

それぞれ別々にシャワーを浴びて身を清めた二人はバスローブ姿で、かつては夫婦のものだった寝室のダブルベッドの上に座りこみ、寄りそって向かい合っていた。

涼介が気にするといけないからと、さっきさりげなく裏返しておいた、枕もとに置いてある夫の写真の方を、綾香はチラリと見やった。

（……迷えるこの子をしっかりと癒して、正しい道に導いてあげられるように……どうぞ、あなた……天国から見守って、わたしが淫らな未亡人になりきれるように、力を貸してくださいね……）

別の男性との交わりを夫に見ていてほしいと願うなど、おかしなことなのかも知れなかったが、綾香は純粋な想いで、そう祈らずにはいられなかった。

あらためて、隣家の若者と間近に視線を合わせる。

「……やっぱり綾香さん、マジで綺麗すぎます……今まで生きてきて、母さんよりも美人だと思ったのは、綾香さんだけです……」

それが正真正銘の本心だということをあらわすように、深いため息をつきながら、涼介がつぶやく。

（……料理は勝てないけれど、そこだけは認めてくれるのね……それでも褒められると嬉しくて、胸がキュンとしてしまうわ）

以前は夫が使っていた、涼介には少しオーバーサイズのバスローブを優しく脱がしてやると、若々しい全裸と、ギンギンにいきり立ったままの肉棒がまぶしく露わになった。

「ああん、すごいわ……食卓でお触りした時から、ずっと勃ちっぱなしなのね」

「だって……これから一晩中綾香さんとできると思うとワクワクが止まらなくて、どうしようもなくて……」

膨張しても皮をかぶったままの若棒が、照れくさげにヒクヒクと震えるのを愛しく眺めながら、未亡人も自らのローブを脱ぎ落としていく。

「……はぁぁ……その下着、めちゃくちゃセクシーで、最高です……」

湯あみの後、綾香が素肌にまとっていたのは、生前の夫のお気に入りでもあった、黒レースの大胆なデザインのベビードールだった。

超ミニスカート状のすそは、太ももがつけ根までむき出しで、深い襟ぐりからは乳輪が覗けてしまいそうなくらい、生巨乳が半分ほども溢れ出ていた。

「んふぅん、気に入って貰えて嬉しいわ……もともとこういう色あいが好きだったのだけれど、未亡人になってますます、黒が似合うような女になったってことなのかしら……」

涼介を対面座位の形で抱き寄せ、彼の華奢な胸もとに巨乳をムニュムニュと押しつけながら、キスをしていく。

するとこちらの下腹部に勃起をグリグリと擦りつけつつ、若者が潤った舌を積極的に綾香の口内に潜りこませてきたので、未亡人も優しく受けとめ、ネッチョリと温かな舌をからみ合わせてやる。

ニュルニュル……ニュルニュル……クチュクチュ……クチュクチュ……。

（……むふぅん……この歳になって、十代の男の子とディープキスをしているなんて……とってもみずみずしい味わいで、わたしまで初恋の頃に戻ってしまいそうで……何だか胸がときめくのを、止められないわ……）

チュパチュパと舌じゅうをしゃぶり、彼の口内からあふれてくる唾液をジュルジュルとすすって、コクリ……コクリ……と嚥下していく。

（……男の子のつば、ドキドキするくらい美味しくて、たまらないわ……飲めば飲むほど、涼介さんに本気で恋をしてしまいそう……もう、わたしったら何を考えてるの？……）

この関わり合いは、あくまでも「人助け」でしかないのだ。三十七歳の未亡人と十代の若者との恋愛など、さすがに近親相姦には劣るものの、あまりにも非常識なことなのではないか。

きちんと冷静でいられるようにと自らに言い聞かせながら、綾香は長く深い接吻を終えようと、彼の唇からプルプルのリップを遠ざけていった。

だがキスという行為に、性欲とはまた別の感情をたかぶらせてしまう効果があることは、涼介も同様らしかった。

というより、セックスだけでなく口づけさえも今日初めて体験したばかりの彼にとって、その影響力は未亡人とは比較にならないほど、大きいようだった。

ディープキスの恍惚感でとろんとした目でこちらを見つめながら、若者がつぶやく。

「……こうして触れ合えば触れ合うほど、僕……どんどん綾香さんのことが好きになっていく気がして……もしも僕が本気でお願いしたら、綾香さん……ガチで僕だけの恋人になってくれますか？……」

当然、すんなりとうなずくことなどできなかった。

「……恋人だなんて、歳の差があり過ぎるわ……そういう大切なお相手は、同世代の女の子にするべきよ……わたしのことはセックスフレンド……セフレっていうのかしら、そんなものだと思ってくれていいのよ」

すっ裸の涼介を優しくシーツの上にあお向けに横たえ、自らはその上に四つんばいになり、覆いかぶさっていく。

「……でも、体の関係だけじゃ何だかさみしくて……綾香さんのハートまで、僕だけのものにできたら……それこそがきっと、母さん離れの薬になってくれる気がして……僕、綾香さんに心の底から、愛されたいです……」

初々しい若者からの告白に胸の奥をキュンキュンさせつつも、やはり年齢ゆえの申しわけなさから、慎み深い未亡人はどうしても、それを素直に受け入れることはできなかった。

自分はあくまでも淫らなセックスパートナーに過ぎないのだと顕示するように、いやらしくボディをくねらせながら綾香は、ベビードールのストラップを両肩からずらしていった。

するとうつ伏せの体勢なので、重力に引っぱられて二つの生巨乳が勢いよくこぼれ落ちてぶら下がり、ブルリン、ブルルンとエロティックに揺らめいた。

「未来ある涼介さんの恋人なんて、わたしみたいな未亡人にはおこがまし過ぎるわ……そんなことより今は、エッチなセラピーに気持ちを集中させましょうね」

そうささやいてやると、頭上でぶらん、ぶらん……と振り子のように躍り続けてやまない熟肉の中心の乳首に、若者がすがりつくように唇を吸いつけてきた。

チュパチュパ、チュパチュパ……。

無心にしゃぶってくる涼介の口づけは何とも心地よく、綾香は一瞬のうちに乳頭をピィンと硬く、充血させずにはいられなかった。

「……あふぅん……涼介さん……とっても気持ちいいわ……」

吸うだけでなく、勃起乳首のなめらかな感触をたしかめるように、舌先でレロレロと舐めまわし、涼介は未亡人の熟れ乳を存分にむさぼり続けた。

（……ああん……すごく情熱的にねぶってきて……やっぱりマザコンだから、普通の男性以上にオッパイが大好きなのかしら……それにしても、とっても感じちゃう……）

隣家の男の子の愛撫はテクニシャンというより、むしろ赤子のように素朴なものだったが、綾香は快感にしびれ、豊かな乳肉にじんわりと淫らな汗をにじませていった。

（……もう、わたしばかりがよがっていたら、治療にならないわ……もっとこちらが積極的に、ご奉仕してあげなきゃ）

左右の乳頭に交互にむしゃぶりついて離そうとしない涼介の唇を、半ば強制的にチュポン……と遠ざけると、未亡人は覆いかぶさったままの姿勢で、女体を少し後方にずらしていった。

「うふふ、涼介さん。いいことを教えてあげる……乳首が性感帯なのは、女性だけじゃないのよ」

そう言ってピンク色の舌を伸ばし、攻守交替するように若者のまずは右乳首を、ペロリ……ペロリと舐めくすぐってやる。

「……はぁぁ……ほんとだ……くすぐったいけど、めちゃくちゃ気持ちいい……」

米粒のような乳頭がみるみるうちに硬直するのと共に、綾香の腹部に当たる勃起ペニスがヒクヒクと震えだしたので、そちらも片手でやんわりと握り、ゆるやかに撫で撫でしていく。

さっきのお返しをするがごとく、しかしこちらは熟女らしく繊細な技術で、温かく癒してやるように男子の乳頭を舌先で転がし、唇でついばむ毎に、若々しいボディ全体を弾ませて反応してくれるのが、嬉しかった。

「……くはぁ……乳首を責められるのが、こんなに感じちゃうなんて……綾香さん、最高です……」

「うふふ、いいお勉強になったでしょ……けれどやっぱり、お胸よりもこちらの方が、わたしに慰めてほしがっているようだから……オチ×ポさんをじっくりと、可愛がってあげますからね……」

胸部からヘソのあたり、そして下腹部へと美貌を移動させていくと、眼前にビンビンにいきり立った若巨根があらわれる。

当然ながらそのビジュアルは男の乳首などよりも何百倍も魅力的で、綾香はあらためてうっとりと見つめずにはいられなかった。

「……涼介さんのオチ×ポ……元気いっぱいに反りかえって、男らしく血管が浮き出ていて……ぷっくり膨らんだタマタマも、丸々と実ったフルーツみたいで、とっても美味しそう……」

午後のお茶会でフェラチオをした時には、さほど気にもしていなかった玉袋さえも、今ではとても愛しいものに感じられてくる。

「……ここも、お味見させてね」

平らにした舌をいっぱいに伸ばし、下からすくい上げるように玉袋の表面をペロリ、ペロリと撫ではじめると、涼介が驚いたように声を漏らす。

「……そんなところまで舐めてくれるなんて……ああ……チ×ポだけじゃなく金玉も、ちゃんとした性感帯なんですね……気持ち良くて、ゾクゾクしちゃいます……」

左右の睾丸を舌の上でコロコロと転がすように、全体が温かな唾液でテラテラと濡れ輝くまで丁寧に舐め回してやると、未亡人はささやく。

「うふふ、それじゃあこういうのは、どうかしら……」

唇を思いきり開き、綾香はすっぽりと吸いこむように片玉を口内に頬ばり、キャンディーをねぶるようにチュパ……チュパ……と味わいだした。

「……うはぁ……すごい……綾香さんにしゃぶられると、しびれるみたいに金玉がジンジンして……めちゃくちゃ感じちゃう……」

チュパ……チュパ……チュパ……チュパ……。

(……うふぅん……若々しいお金玉、熱くて、プリプリの感触で……吸えば吸うほど、男の子の性の匂いとお味がじんわりとにじみ出てくるようで……美味しくて、たまらないわ)

奉仕のためだけでなく、自らも喜びに満たされていきながら、未亡人はチュポりついていく。
ン……と音を立てて唾液まみれの陰嚢を吐き出し、もう一方の若玉にもむしゃぶ
チュッパ……チュッパ……チュッパ……。
「……んくぅ……触られてもいないのに、玉しゃぶりの快感でチ×ポがビックン、
ビックン弾んじゃって……止まってくれないよぉ……」
（……あふぅん……タマタマばかり可愛がるから、オチ×ポさんがすねてしまっ
て、怒っているのかしら……うふふ、大丈夫よ。今からそちらもじっくりと、い
やらしく慰めてあげますからね）
充分に二つの肉のあめ玉を口じゅうで堪能し、チュッポン……と上品な唇から
解放してやると、綾香は美貌の前にそそり立つ肉棒を見やった。
「……破裂してしまいそうなくらい、ギンギンに腫れきっていて……今度も一度
のお射精だけじゃ、済まなさそうね……セックスする前におザーメンをドピュド
ピュして、いったん落ちつきましょうね」
百パーセント膨張しながらも、いまだに半分以上かぶったままの先端の包皮を
見やり、未亡人はそのままカリ首をパクリと口内にふくんでいった。
（……んふぅん……優しく脱がせてあげますから、亀頭さんも恥ずかしがらずに、

裸んぼになりましょうね……）

締めつけた唇で余った皮をずらしていき、手も使わずに口だけで、ニュルリとスムーズにエラまで、切っ先を露出させてやる。

同時に舌の上にカウパー液がトロトロと流れ落ちてきたので、綾香はそれさえも大切に扱い、コクリ、コクリ……と飲み下していった。

（……おザーメンだけじゃなく健康な男の子の体液って、何もかもが美味しくてきているのかしら……とっても素敵だわ……）

「……ああ……やっぱり金玉よりもこっちの方が、ずっとずっと気持ちいいです……またフェラチオで、いかせてくれるんですか？……」

だが未亡人は亀頭や肉幹を軽めに舐めしゃぶり、全体を唾液で潤すと行為を中断し、上半身を起こしていった。

「……うふぅん、涼介さん……あなたにもっと楽しんでほしいから、今度はまた別のやり方で、ビンビンのオチ×ポにご奉仕させて」

「……別のって？……」

きょとんとする若者を見つめながら、綾香は誘うように女体をくねらせ、二つの巨乳をプルリン、プルルンと揺らめかせた。

「……オッパイ……って、パイズリしてくれるの？……まさか、そんなことがリアルに体験できるなんて……夢みたいだ」

「うふふ、夢なんかじゃないわ……せっかくこんなに大きくなってしまったお胸なんですもの。これで涼介さんを癒せるのなら、使わなきゃもったいないでしょ」

かつて亡夫も、このプレイがお気に入りだった。だとしたらきっとこの子も喜んでくれるはず、と美熟女は双乳を自らの両手で持ち上げ、横たわったままの彼の下腹部に屈みこんでいった。

2

もっちりとしたつきたてのお餅のような二つの乳房が、左右から迫ってきて勃起を深い谷間にはさみ、やんわりと包みこんできた。

「……はぁぁ……チ×ポに当たるオッパイの感触、プニュプニュ柔らかくて、すごく温かい……」

今日の午後になるまで何も知らない童貞だった若者は、この刺激的な遊戯に興奮するばかりでなく、何とも言いようのない感動を覚えていた。

（……僕を助けたい一心で、ここまでしてくれるなんて……綾香さんてどこまで優しくて、素敵な女性なんだ……こんな女神様みたいな人が、身近にいてくれたなんて……やっぱり僕、綾香さんが大好きだ……）

完璧なまでに美しく、なおかつ誰よりも温かな心を持った未亡人が恋人になってくれれば、自分は必ず母への歪んだ欲望を消し去ることができるはず。

涼介は、そんな確信をますます強めていった。

ムニュリ……ムニュリ……ムニュリ……。

巨根をほとんど覆い隠してしまうほど豊かな爆乳が、左右からむっちりと肉棒を圧迫しつつ、上下に動きはじめた。

プルンプルンの乳肉は、口内とも膣内とも異なる独特の感触をしていて、何ともいえない新鮮な快感が、ペニスを刺激してくる。

「……うふぅ……もっちもちで、みっちりお肉のつまったオッパイでチ×ポを抱きしめてもらえてるなんて……めちゃくちゃ感激です……」

「……あふぅん……喜んでくれているからかしら、オチ×ポさんがピクピク跳ねまわって……しっかり抱っこしてあげないと、やんちゃなオチ×ポがお胸の谷間から飛び出してしまいそうだわ……」

快楽に弾む勃起を逃さぬように、ギュッときつく双乳でしめつけてくれながら、美熟女がユッサユッサとパイズリを続けていく。

ムニュリ……ムニュリ……ムニュリ……ヌチュリ……ヌチュリ……。

最初はすべすべだった乳肌が、しごくたびにしっとりと湿りだし、だんだんと亀頭や肉茎に吸いついてくるように変化し、心地よさもぐんぐんと増していく。

「……ああ……何でだろ？……オッパイがネッチョリとろけて、チ×ポにねばりついてくるみたいで……ヤバいくらい、気持ち良くなってきました……」

「……うふぅん、オチ×ポのお熱でオッパイに汗がにじんで、それと涼介さんのカウパーが混じりあって……お胸の谷間が、ネチョネチョに濡れてきたからよ」

ヌチュリ……ヌチュリ……ニュルリ……ニュルリ……。

「……んはぁ……しっとりニュルニュルで、オッパイがオマ×コになったみたいで……まるで、綾香さんのオッパイとセックスしてるような気分で、めちゃくちゃ興奮しちゃいます……」

横たわったまま少し顔を上げ、美貌を見やると、綾香は両手で掴んだ巨乳を淫らにブルリン、ブルルンと上下させながら、うっとりと微笑んでくれた。

「……んふぅん……そうよ、涼介さん。未亡人のスケベなお胸はオチ×ポが大好きすぎて、オマ×コにもなれるの……このままわたしに身を任せて、オッパイマ×コとのまぐわいを思いっきり楽しんでね……」

ヌチュリ……ヌチュリ……ヌチュリ……ニュルリ……ニュルリ……。

吸いつき、擦れるおもちのような軟乳の快感と、持って生まれた上品さをまとったまま、自らはしたなく爆乳を弾ませる美熟女の魅力的なビジュアルが相まって、若者の欲情は一気に急上昇していかざるを得なかった。

「……んぐぅ……綾香さん……僕、そろそろ……出ちゃいそうですぅ……」

パイズリを休めぬまま、美女がうなずく。

「……このままお射精すると、おザーメンがあちこちに飛び散ってしまうでしょうから……フィニッシュは、お口で受けとめさせてね」

ささやき終えると同時に未亡人が双乳の間から勃起ペニスを解放し、わずかでも快楽を途切れさせてはならぬというように、即座に美貌を下ろして亀頭にパクリとむしゃぶりついてきた。

巨乳とはまた別種の、口内粘膜のネッチョリとした心地よさが起爆ボタンを押したように、涼介はエクスタシーに全身を震わせた。

「……い、いっくぅぅぅっ……！」

ズピュ、ズピュ、ズピュ……ズピュピュピュピュピュッ……。

（……信じられない……昼間から数えて、今日はもう四発目なのに……初めて射精したみたいにザーメンが出まくっちゃって、止まらない……やっぱり綾香さんは僕にとって、特別な女性なんだ……）

精液は次々にあふれ出てくるというのに、今回も一滴もこぼすことなく柔和な表情のまま肉棒をくわえ、すべてを口内でキャッチしていく美貌を、若者はしみじみと見やった。

その間、涼介の脳裏には一瞬も、実母・文恵の面影が浮かんでくることはなかった。

今この時、十代の若者は完全に三十七歳の未亡人に恋情を抱き、心底夢中になっていたのだった。

3

コクリ……コクリ……コクン……。

きれいにすっかり口内にしぼり取った精汁を、今回も未亡人は自らそうせずにはいられぬままに、ゆっくりと嚥下していった。

（……初めて飲んだ時の、思いこみなんかじゃない……やっぱり十代の男の子の精液って、みずみずしくて、濃厚で……他のどんな飲みものよりも美味しく思えて、クセになってしまうわ……）

満ち足りたため息を漏らしつつ、予想どおり、まだまだ余裕で男性器をいきり立たせたままの涼介に微笑みかける。

「……ごちそう様でした……大切なお精子をもう一度飲ませてくれて、ありがとう、涼介さん」

若者が上半身を起こして寄りそい、見つめてくる。

「僕こそゴックンしてもらえて、めちゃくちゃ嬉しいです……僕なんかのザーメンを喜んで飲んでくれる優しい女性は、綾香さんしかいません……」

童顔を見つめ返すと、綾香は自分がこれまで以上に彼への親密感と愛情を覚えていることに気づき、ドキリとしてしまう。

（……おザーメンには、ほれ薬のような効能があるのかしら……飲めば飲むほどにわたし……間違いなく、涼介さんのことが愛しくなっていってる……まるで昔、夫と出会った頃みたいに、ときめきが止まらないわ……）

だからといって、こんな歳の差の恋愛に素直に身を任せていいとはまだ思えず、内心で惑いながら未亡人はしっとりとした手指を、ギンギンの肉棒にからみつけていった。

「うふぅん、涼介さん、このまま治療を続けましょうね……パイズリの次は、どんなプレイをお望み？……何でもあなたがしたいことを、してあげますからね」

若者がこちらの下腹部に、視線を下ろしていく。

「……もっときちんと綾香さんを知りたいっていうか……女性の体を勉強したいから……オマ×コをじっくりいじったり、舐めたりして……綾香さんのことも気持ち良くして、あげたいです……」

（……まだこんなに若いのに、一人よがりにならずにわたしのことまで気づかってくれるなんて……涼介さんって、なんて思いやりの深い、いい子なのかしら……）

隣家の息子に対する好意をますます強めながら、未亡人はうなずいてベビードールのすそをまくり、もともとノーパンだった股間を露出させた。

それから昼にソファの上でしてみせたように、淫らなＭ字開脚ポーズを取ろうとすると、涼介がそれを制した。

「大股開きもすごくエロくて、興奮しちゃうけど……今度はそうじゃなく四つんばいで、後ろ向きになって見せてほしいです……」

何でもしてあげると宣言しつつも、本来は清楚な未亡人ゆえ、羞恥心にほんのりと頬が熱くなる。

（……バックスタイルだとオマ×コだけでなく、他のところも丸見えになってしまうけれど……涼介さんのご希望には、きちんと応えてあげなきゃ……）

ウエストのあたりに漆黒の薄衣をまとわりつかせただけの、ほぼ全裸の美熟女はおだやかな笑みを浮かべると、まずはシーツの上で豊満な重乳をブラリンとぶら下げ、メス犬ポーズを取った。

そしてまさに従順なペットのようにボディをクルリと反転させ、すっかりむき出しになった丸々としたヒップを、若者の眼前に突き上げていった。

この体勢だから当然彼女には見えなかったが、よほどこちらの股間に顔を近づけ、凝視しているのだろう。涼介のため息が漏れ、すべすべの尻肌をくすぐってきた。

「……最高にいやらしい眺めで、ドキドキしちゃいます……もううっすら濡れちゃってるオマ×コだけじゃなく、オッパイよりも大きなお尻の真ん中にある、アナルまでも丸見えで……」

（……いやぁん……そこだけは恥ずかし過ぎるから、夫にもほとんど見せたことがなくて……だからこのスタイルには、抵抗があったのに……）

照れくささから無意識に女体をクネクネとくねらせると、若者がまた小さく息を漏らす。

「……そうやって動くと、むちむちのお尻がプリン、プリンって揺れ弾んで……とってもセクシーです」

「……ああん、お尻やオマ×コはいいけれど……お肛門は、体の中で一番不浄なところだから……あまりじっくり見ないでほしいわ……」

「……そんなことない……綾香さんのアナル、とっても綺麗な形で……薄桃色の、小さな可愛い花が咲いてるみたいです」

排泄器官さえも褒めてもらえる喜びが、少しずつ羞恥心を薄れさせていく。

（……ああん、涼介さんったら……そんなことまで言ってくれるなんて……ますますあなたのことが、愛しくなっていくばかりだわ……）

四つんばいのまま両ももを左右にひろげ、自ら女性器を若者に差し出すようにヒップをクイッと持ち上げながら、誘っていく。

「……あふぅん……わたしの熟れきったスケベなオマ×コを、オモチャにしていいのよ……お指をズボズボ出し入れしたり、グチュグチュかきまぜたりして、お好きなようにいじくってみて……」

「……だったら指じゃなく、キスさせてください……綾香さんのオマ×コ、とっても美味しそうだから、舐めたくてたまらないんです……」

あらためて、涼介への恋情が高まっていく。

（……最近の若い男性は、フェラは求めるくせにクンニはしたがらないって聞いたことがあったけれど……涼介さんはそこまで、わたしを受け入れようとしてくれているのね……）

温かく濡れた舌先が、そっとクリトリスをペロリ……と舐めてくるのと共に、ゾクゾクするような快感が女体にじんわりとひろがっていき、未亡人はヒクリ……と敏感に巨尻を弾ませた。

「……痛かったですか？……クリトリスがすごく繊細なものだってことは知ってるんだけど……はじめてだから、舐め方がまだよくわからなくて……」

優しい気づかいの言葉に、胸の奥が温まっていく。

「……いいえ、心地よくて反応してしまっただけよ……そのまま、涼介さんの思うままに、舐め舐めしてくれていいのよ……」

「……はい」

ペロリ……ペロリ……ペロリ……ペロリ……。

まだおぼつかないが、しかし丁寧で愛情のこもった舌づかいで、陰核がじっくりと撫でまわされていく。

「……くふぅん……涼介さん、とっても気持ちいいわ……」

「……レロリ……レロリ……ああ、綾香さん……だんだんクリが乳首みたいに硬く、大きくなってきました……レロリ……レロリ……」

「……んはぁん……あなたの舐め舐めがお上手だから、クリトリスがオチ×ポみたいに、お勃起してしまったのよ……うふぅん……」

「……しかも、膣の穴からも透明なおつゆがあふれてきました……こっちもすごく美味しそうです……」

言いながら軟体が上方へと移動し、小さなペニスのように硬く尖らせられた舌全体が、愛液で潤った膣内にニュルリ……と潜りこんできた。

「……あくぅん……オマ×コ穴に、ディープキスをしてくれているのね……とってても素敵な気分よ……」

クチュ……クチュ……クチュ……と湿った音を立ててピストンしたり、ニュップリと根もとまで押しこんだ舌じゅうで、内部をグチュグチュとかき回したりしてくる。

さすがに勃起ペニスのインサートとは異なり、絶頂に直結するような強い快感ではなかったが、未亡人は若者からの献身的な奉仕が、嬉しくてたまらなかった。

「……想像どおり、ものすごく美味しいけど……うふぅ……舐めれば舐めるほど、オマ×コからジュルジュルお汁がこぼれ出てきて、溺れちゃいそうです……」

「……ああん、自分ではどうすることもできないの……だらしないオマ×コで、ごめんなさいね……」

とめどないラブジュースにいったんクンニを中断した涼介が、ふと綾香の豊満な尻たぶを両手でつかみ、グイッと左右に開いていった。

これまでヒップの谷間にひそんでいた肛門が思いきりご開帳されてしまったことを、自身は見えぬとも、未亡人ははっきりと体感せずにはいられなかった。

「……綾香さんのアナル、やっぱりとっても清潔で、すごく綺麗で……ここも、美味しそうです……」

「……美味しそうだなんて……そこも、舐めたいの？……」

「……はい」

熟尻をプリプリとくねらせ、いやいやと拒否の意思を示す。

（……お肛門だけは、夫にも触れさせたことがなかったのに……こんないたいけな男の子に、そこまでのことはさせられないわ……）

「……涼介さん、お尻の穴は、お口をつけるようなところじゃないわ……それだけは、許して……」

だが隣家の息子は、頑としてゆずらなかった。

「……僕がどれほど綾香さんのことが大好きか、証明したいんです……綾香さんの体で不潔なところなんて、一つもありません……」

そして一瞬の間の後、美熟女の肛門が未知の快さに包まれ、綾香は背すじをゾクゾクさせ、つり下がった巨乳をフルフルと震わせずにはいられなかった。

大切な貴重品をあつかうように、涼介の舌が繊細なタッチで、菊じわの一本一本をなぞるように、くすぐるように舐めはじめたからだ。

（……いやぁん、本当にお口をつけてしまったのね……何だか申しわけなくて、たまらないわ……けれどすごく不思議な……今まで味わったことのない心地よさで……悔しいけれど、とっても気持ちいい……）

不快感を覚えるどころか、自らの肉体が真逆の反応を示してしまっていることに戸惑いながらも、綾香は彼の愛撫を拒否しきれず、受けとめていった。

ペロリ……ペロリ……ペロリ……。

「……あふぅん……恥ずかしさはどうしても治まらないけれど……涼介さんの舐め方がとってもジェントルで、丁寧だから……はしたないけれど、とっても感じてしまうわ……」

ペロリ……ペロリ……ペロリ……。

温かく濡れた舌を這いまわらせながら、若者の手指が膣穴をクチュクチュとほじくり、潤わせた指先でクリトリスをやんわりとつまみ、クリクリともてあそびだした。

四つんばいの女体が、ビクン、ビクンと跳ねてしまう。

「……んはぁん……アナルだけじゃなく、クリトリスまで……今日まで童貞さんだったというのに、そんなテクニック、どこで覚えたの？……くふぅん……」

舌づかいを小休止し、若者がつぶやく。

「……ふと、思いついただけです……大好きな綾香さんに、いっぱい気持ち良くなってほしいから……」

唇同士で接吻をするように十代のリップが菊門にブチュウッと吸いついてきて、さっきよりも大胆に力強く、舌腹を押しつけるようにベロリ……ベロリ……ベロリ……とアナル・クンニを再開させる。

クリクリ……クリクリ……クリクリ……ともちろん肉芽を揉みいじり、こね回すことも忘れていない。

二点責めの快感で、未亡人の欲情はギュンギュンと音を立てるように、一気に急上昇していくばかりだった。

「……んひぃん……涼介さん……アナルも、お豆も心地よすぎて……もう、どちらで感じているのか自分でもわからないけれど……わたし、堪えきれそうにない……達してしまいそうだわ……」

そう伝えると、隣家の息子はいっそう情熱的に肛門にむしゃぶりつき、最大限に充血した肉芯をこねいじってきた。

すると、アナルとクリトリスのどちらが直接のスイッチになったのか綾香本人にも理解できぬまま、下腹部からボディを突き抜けて脳天へと、絶頂の電流が猛スピードで駆け抜けていった。

「……あぐぅん……い、いっちゃううぅぅぅぅっ……！」

ドッグスタイルの美女は全身をガックン、ガックンと痙攣させ、ぶら下がった巨乳をブルルン、ブルリンと弾ませながら歓喜の声を上げると、シーツの上にぐったりと豊満な女体を沈みこませていくのだった。

4

乱れた息づかいが落ちついてくると、背中を向けて伏している綾香のボディを、涼介の両腕が優しく反転させてあお向けにし、若々しい裸身がその上に覆いかぶさってきた。

上下で、ジッと見つめ合う。

今や三十七歳の未亡人は、隣家の十代の息子に心の底から、完全に惚れこんでしまっていた。

真剣な童顔が、ささやく。

「……綾香さん、セフレなんかじゃなく……僕だけの、ガチの彼女に……恋人になってください……もう母さんへの想いは必ず忘れるって、約束するから……」

美熟女はチラリと横目で、伏せた夫の写真の方を見やる。

（……涼介さんとこうなったことは、やっぱりあなたの、天国からの贈りものだったのね……）

すると、おだやかな亡夫の声が綾香の耳にだけ、静かに響いた。

（……その通りだよ。歳の差なんて何の問題もない……綾香には涼介君と仲睦まじく愛し合って、僕の分まで幸せになってほしい……それこそが、僕の願いなんだ……）

夫からの許しを得た未亡人はあらためて、美貌を若者に向けた。

「……わたしも、涼介さんが大好き……愛してるわ……お母様よりも深く、強く、誰よりもあなたに尽くして、愛し抜いてみせますから……わたしを涼介さんだけの、女にして……」

ささやき終えるのも待てぬように、歓喜に満ちた表情の涼介が正常位の体勢で女体を抱きしめ、全力でディープキスをしてくる。

ニュルニュルと口内にこじ入れられる若舌を未亡人はうっとりと受けとめ、自らも熟舌をネッチョリとからみつかせていく。

とややあって、女陰にグリグリと擦りつけられていた男根の、亀頭と膣口の位置がぴったりと一致し、ブチュリ……ズブ……ズブ……ズブ……と長大な勃起が膣道に挿入されてきた。

「……んんっ……んふぅん……」

舌と舌とをグチュグチュととろけ合わせながら、綾香は満ち足りた息を整った鼻から漏らした。

初セックスは騎乗位だったので、十代の男の子がまだぎこちない、初々しい動きで、ゆっくりと腰を前後させはじめる。

ニュルリ……ニュルリ……ニュルリ……ニュルリ……。

お互いの唾液をすすり合う淫らなキスを、名残惜しそうに中断して遠ざけた唇を開き、涼介がつぶやく。

「……ああ……やっぱりセックスが、フェラよりも、パイズリよりも最高です……綾香さんのオマ×コ……気持ち良すぎちゃって……」

巨乳を彼の胸板にグニュグニュと押しつけて抱きしめ返し、美熟女も声を漏らす。

「……うふぅん……涼介さんの健康的なビンビンオチ×ポも、お口やお胸より、オマ×コで感じるのが一番嬉しいわ……わたし、とっても幸せよ……」

ヌッチュ……ヌッチュ……ヌッチュ……ヌッチュ……。

腰づかいをだんだんと安定させながら、ゆらゆらと揺れたゆたう巨乳を若者の両手がわし摑みにし、ムニュムニュと揉みしだいてくる。

「……あはぁん、気持ちいい……オマ×コをジュボジュボされていると、オッパイがいっそう敏感になってしまうの……もっとめちゃくちゃに、揉み揉みして……」

ニュッチュ……ニュッチュ……ニュッチュ……ニュッチュ……ムニュリ……ムニュリ……ムニュリ……ムニュリ……。

爆乳をいじくられながらの膣穴ピストンはあまりにも心地よく、未亡人はどんどんと性感を高揚させていく。

(……んひぃん……愛し合って、気持ちを通わせ合うのって、こんなに素晴らしいことだったのね……人助けのつもりで、体だけを差し出すセックスとは、何もかもが段ちがいだわ……んくぅん……)

たかぶっていく快楽に身悶えしながら、倍ほども歳下の恋人に、甘ったるい声音でささやきかける。

「……愛しい愛しい涼介さんのオチ×ポに、一突き、一突きされるごとに……オマ×コが燃え上がるように熱くなって、とろけてしまうようで……わたし、もうあなたに夢中よ……」

「……んくぅ……綾香さんのオマ×コのお肉が、チ×ポにネッチョリ吸いついてきて……ニュルニュルからみついて、離してくれなくて……最高です……僕ももう、綾香さんのことしか、考えられません……」

ブッチュ……ブッチュ……ブッチュ……ブッチュ……ニュッチュ……ニュッチュ……ニュッチュ……ニュッチュ……。

ようやく板についてきた腰づかいで、若者が悦楽に身を任せるように抜き差しのスピードを猛然とアップさせていく。

「……ああ……綾香さん……チ×ポが限界で、爆発しちゃいそうです……」

「……んぐぅん……涼介さん……わたしも、これ以上のガマンは無理だわ……」

すらりとしなやかな両脚をも、若者の引きしまった臀部にからみつけ、全身できつく彼に密着していく。

「……いひぃん……涼介さん……二人でいっしょに……愛し合うオチ×ポとオマ×コで……幸せなエクスタシーを味わいましょう……」

童顔が静かにうなずき、ズン、ズン、ズン……と全力で猛った肉棒を突きこんできた。

「……あああっ……い、いっくぅぅぅっ！……」

上品な女声と、まだ大人になりきれていない男声が同時に、からみ合うように絶頂のハーモニーを奏でた。

ドピュ、ドピュ、ドピュ……ドピュピュピュピュピュッ……。

子宮口に何度も何度も、粘りけのある熱湯のような精液の噴出を受けとめるたびに、くり返し、くり返し悦楽の爆発を甘受しつつ、綾香は夫を失って以来はじめてで最高の、幸福感にひたりきっていた。

誰よりも美しい未亡人は、セクシーで豊満な女体と、清らかな真心を捧げることで、迷える十代の男の子を近親相姦という罪悪から、遂に救い出すことに成功したのだった。

……成功した、はずだったのだが……。

第三章　嫉妬する母はベッドで激しく乱れる

1

（……涼ちゃんたら、毎晩こんな夜遅くにこっそりと……どこに出掛けているのかしら？……）

数日後の、深夜一時前。

四十二歳の専業主婦、文恵はいつもどおり零時ごろに自室のベッドについて就寝しようとしていたところ、今日も昨夜と同じように、ドアの向こうの廊下からかすかに聞こえる、我が子の忍び足に敏感に気づき、身を起こした。

すぐに寝室を飛び出して息子の涼介を取り押さえ、

「母さんに隠れてこんな時間に、いったい何をしてるの？……」

と問いただしたい衝動に駆られるが、下手にことを荒だてるのもはばかられ、文恵も静かに寝台から立ち上がり、パステルピンクのパジャマの上にそっとカーディガンを羽織った。

何しろ相手は繊細な年頃の十代の男の子なのだから、乱暴な対応はしたくなかった。

いくらか間を置いてから文恵もそっと廊下に出て、一階への階段を降りようとすると、カチャリ……と玄関の扉が表から閉じられる音がわずかに、階下から響いた。

（……やっぱりあの子、わたしに内緒で夜な夜な出歩いてるんだわ……まさか、不良のお友達に誘われて、良くないお遊びでもしているのかしら……）

この十数年間全身全霊をこめて愛し、大切に育ててきたつもりの実子が、道を踏みはずすようなことをしているのかも知れない。

そう考えただけで、母性愛に満ち満ちた胸の奥に痛みを覚えながら、文恵も後を追うように玄関から自宅の前の通りへと出て、彼がどちらに向かったのか、道の左右を見渡した。

すると少し先に、こちらの存在にまだ気づいていない息子の後ろ姿があった。

「……涼ちゃん」

そう口を開こうとするより一瞬早く、意外なことに彼は隣家の敷地内に入っていき、ドアチャイムを押すのが、遠目からでも認識できた。

（……繁華街かどこかに行くのかと思ったら、お隣さんを訪ねるなんて……けれどこんな真夜中に、どうして？……）

いったんは拍子抜けしたものの、すぐに新たな疑問がわき上がってきて、文恵は彼に気取られないように、夜の物陰に身を潜め、なりゆきをうかがい続けた。

実母の直感だろうか。とても嫌な予感がして、なぜか声を掛けるのが怖くなってしまったのだ。

（……お隣りの未亡人さん、あまり社交的な方じゃないからわたしとさえ、そんなにおつき合いはなかったのに……涼ちゃんと彼女の間に繋がりがあったなんて、気づきもしなかったわ……）

ややあってドアが開き、屋内の灯りに後光のように照らされた綾香が姿を現した。

五つ歳下の彼女は同性の文恵から見ても、相変わらずため息が漏れるほど、美しかった。

そしてこんな時刻だからだろうか、美女の佇まいからは普段にはない、妖しくエロティックなフェロモンがむんむんと立ちこめているように、文恵の目には見えた。

といきなり、硬いヤリで一気に胸を突き抜かれたように、ズキリと重い痛みが彼女の心臓を襲い、跳ね上がらせた。

中に招き入れるのも待ちきれぬのかドアを開けたまま、男女が恋人同士のようにきつく抱き合い、濃厚なディープキスをはじめたからだ。

しかも口づけだけでは飽き足らぬがごとく、涼介の片手は未亡人の乳房を、綾香の片手は彼の股間をまさぐってさえいた。

いまだにはじめてのガールフレンドもいないと聞かされていた、清らかなままだと思いこんでいた我が子のあられもない姿を見ていられず、文恵は両手で目を覆い、その場にへなへなとへたり込まずにはいられなかった。

（……わたしの可愛い、可愛い涼ちゃんが……よりによって、わたしとそんなに歳も変わらない綾香さんと……これって、どういうことなのかしら？……）

数十分後。

あの時すぐに隣家に怒鳴りこめば、息子を未亡人から引き離して連れ帰れただ

ろうに、文恵はショックのあまり脱力しきってしまい、しばらくの間立ち上がることもできなかった。

結局実母は、我が子が扉の内側に消えていくのをただ見送り[illegible]脱力感に苛まれながら一人すごすごと自宅に戻り、ベッドの片すみにぼんやりと座りこんでいたのだった。

（……こないだ夫を訪ねて家を空けた日から、二人の関係ははじまったのね……間違いないわ……）

単身赴任の夫の世話から戻ってきてすぐに、実は文恵は、[illegible]敏感に察知していた。

他の誰でもない、産みの母親なのだから。

（……思春期を迎えて以来、あの子はわたしのことを親というより、女性として見るようになってた……まるでわたしへの想いを隠すように、毎日の会話もぎこちなくなってしまっていて……）

そもそも彼女は一年ほど前から、実の息子の胸の内を敏感に悟っていたのだった。

パジャマに包まれた、未亡人よりもさらに豊かなHカップの爆乳に、そっと手を当てる。不安感からまだ気持ちは落ちつかず、鼓動は早鐘を打つばかりだった。

(……このところ、いつもあの子はわたしの胸もとばかりをチラチラ盗み見するようになっていたし、洗濯機の中のわたしの下着を彼のもので汚していることにも、とっくに気づいていた……)

だが文恵は直接彼にそれらのことを注意することもなく、ずっと静観し続けていたのだった。

(……多感な成長期には、身近な異性をそういう目でしか見られなくなっても仕方がないのかも知れないし……変に叱って、あの子を必要以上に傷つけることだけは避けたかったし……)

そうした教育上の、文恵なりの優しい気づかいとはまた別の本音

の奥にわき上がってくる。

(……正直にいえば、実の母として……大好きな一人息子がわたしを女として意識してくれてることが、嬉しくもあったわ……ショーツに白いものがこびりついているのを見つけても、決して嫌な気はしなかった……)

息子が母を性欲の対象にするのは、彼が親離れの時をむかえるまでの、文恵にとっての最後のご褒美のようなものなのだろう。

こちらはもう四十を越えているというのに、未来ある十代の若者が自分に夢中

になってくれているのだから。

きっとそろそろ同年代の女の子との出会いがあり、そうなれば涼介はもう二度と、母親を女性として見ることはなくなってしまうのだろうし。

文恵はそんなふうに大らかに考え、我が子の密やかな行動を黙認してきたのだった。

（……それなのに、同級生のガールフレンドならともかく……はじめてのお相手がわたしとさほど歳も変わらない、未亡人さんだったなんて……）

夫の赴任先から帰ってきて顔を合わせた涼介は、一見これまでどおりのようで、実母にしかわからないことだが、明らかに憑きものが落ちたがごとく、大きな変化を遂げていた。

まず、彼の目つきから性的な怪しさがすっきりと消えていて、ずっとぎこちなかった会話も、思春期以前のように自然で、朗らかに交わせるようになっていた。

（……あら、涼ちゃんたら……わたしのことを女じゃなく、小さかった頃のように「母さん」としか、見ていないみたいだわ……こんな感覚、何年ぶりかしら……）

本来ならば、ようやく息子が健全な状態に戻ってくれたと喜ぶべきことなのだが、文恵が最初に抱いた感情は、自分でも意外なことに、「さみしさ」だった。

それからこの数日、涼介は否応なく視線に入ってしまうだろう、彼女のHカップ巨乳を過剰に意識することもなく、洗濯機の下着が体液で汚されることも、嘘のようになくなっていた。

(……これが、クラスメイトに初恋をしたことの兆しだったなら、素直に受け入れて、あの子を応援してあげたいと思えるはずなのに……まさか、三十七歳の未亡人と……)

時計を見やると、息子が隣家の扉の向こうに誘いこまれてから、既に一時間が経とうとしていた。

耳を澄ませてみても一人ぼっちの家の中は静寂に包まれていて、彼が帰宅してくる気配は、微塵も感じられなかった。

(……きっとあの子は今、綾香さんと……淫らなことをしている真っ最中なんだわ……)

もう十年ほども夫とはまぐわっていない、そういう意味では、三回忌を迎えたばかりの綾香よりも長期に渡って孤独な女体が、痛みにうずいた。

自らの命よりも大切な最愛の我が子を、それこそ母子のように歳の離れた未亡人に奪われてしまったことへの、嫉妬心。

それこそが、痛みの正体だった。

2

翌日の、午後十時過ぎ。

身支度を整えた涼介は、今夜も極力大きな音を立てないように自室のドアを開け、忍び足で廊下に進み出た。

ここ数日よりも浅い時刻だったが、夕食後にシャワーを浴び終えた母・文恵が、

「……何だか頭痛がするから、今夜は早めに床につくわね……」

と寝室にこもってから、もう小一時間が経過したからだ。

(……珍しく母さんの具合が悪いのは、心配だけど……今からお隣りに行けば、いつもより長めに綾香さんといっしょに過ごせるから……母さん、ごめんね。何時間か後にはちゃんと戻ってくるし、ゆっくり休んでいてね……)

抜き足差し足でフローリングを歩み、一階への階段の手前にある母の寝室のドアに、そっと聞き耳を立てる。

内側からは何の気配も感じられず、文恵がもう眠りこんでいると、確信する。

（……お休みなさい、母さん……）

隣家の未亡人との関係を秘密にしていることに、実母へのいくらかの罪悪感はあったが、今の彼にとってはそれは、取るに足らないものでもあった。

なぜなら綾香と愛し合うことによって若者は明確に、母への近親相姦願望という「病」からすっきりと、解放されたのだから。

未亡人と結ばれて以来、良薬が効いたように涼介の文恵への性欲は雲散霧消し、恋慕の想いも今となってはほとんど、意識の上にはのぼらぬようになっていた。

（……綾香さんのおかげでやっと、昔みたいに普通の母子関係に戻れたんだ……これからはモヤモヤしたりせずにもっと母さん孝行をするから、一つくらいの秘密は、許してね……）

濃厚なディープキス、フェラチオ、パイズリ……そして何よりも、生中出しセックス。

今夜も艶やかな未亡人が施してくれるだろう、淫靡な奉仕への期待感にハートをときめかせながら、涼介は無音を心がけつつ階段を降りようとした。

とその時、背後で扉の開く音がして、若者はビクッと立ちつくし、振り返った。

パジャマ姿で佇む、実母の姿があった。

（……あちゃあ……気をつけたつもりだったのに、起こしちゃったのかな……）

真顔でこちらを見つめてくる文恵に、誤魔化すように笑みを返す。

「……母さん、横になってなくて、大丈夫？……頭痛はどう？……」

問うと母が、予想外の言葉を口にした。

「……それは、嘘なの。どこも痛くなんかないわ……心以外は……」

「……嘘？……母さんが僕に嘘をつくなんて……信じられない……どうして、そんなことを……」

ふっくらとした唇が、たかぶる感情をおさえるように、静かに言葉をつむいでいく。

「……だって涼ちゃんも母さんに嘘を……いいえ、嘘というより秘密を、持っているでしょ……それを確認したかったから、仮病を使ってみたの」

ゆっくりと文恵が歩み寄り、絶世の美女である綾香には造作がわずかに劣るものの、未亡人にはない母性的な柔らかさに満ちた美貌が、息が掛かるほど間近に迫ってきた。

（……それって、まさか……もう全部、バレちゃってたってこと？……いやいや、いろいろ気をつけてたし、さすがにそんなことは……）

「……今夜もまたお隣りを訪ねて、綾香さんとこっそり淫らなことをするつもりなんでしょ……昨日や、一昨日のように」

（……完璧に全部、お見通しだったんだ……）

ズバリ言い当てられ、反論の言葉もなく立ちつくすばかりの涼介の体を、温かな母体がそっと抱きしめてきた。

こんなことをされるのは小学生の低学年以来、久しぶりのことだった。

自然と未亡人よりも大きくて、プリプリと弾力に満ちた綾香の巨乳とは異なる、もっちりと柔らかな軟乳の感触が、こちらの胸板に伝わってくる。

耳孔をくすぐるように、母がそっとささやいてきた。

「……知っていたのは、それだけじゃないわ……涼ちゃんは母さんとずっと、エッチなことがしたくてたまらなかったんでしょ……」

未亡人との密会のみならず、何から何までとうに悟られていたと知り、涼介は驚きのあまり力が抜け、廊下に座りこんでしまいそうになるのを、ギリギリで堪えた。

「……母さんのオッパイやヒップを盗み見ていることも、洗濯機の下着にいけないいたずらをしていることも、前から気づいていたわ」

とがめるようなきつい口調ではなく、あくまでもおだやかに優しく、ささやきが続く。

そして、すべてがバレていたことよりももっと予想外の言葉が、おだやかに耳もとに響いてきた。

「……そこまで母さんを求めてくれていたのに、今までずっと知らん顔をしてしまって、ごめんなさいね、涼ちゃん……母さんがかまってあげないからさみしくて、仕方なく未亡人さんとあんなことになってしまったんでしょ……」

どんなに叱責されても当然だと思っていたのに、むしろいたわってくれるような優しい母声に戸惑いつつ、息子は文恵の顔を見やった。

「……全部わかってたのに、どうして怒らないの?……」

母性のかたまりのような美貌が、柔和に微笑んだ。

「それはわたしが、あなたの母さんだからよ……産みの母親は、この世の他のすべての、どんな女性よりも深く、強く……我が子のことを愛しているからよ」

「……僕もずっと、母さんが好きだった……でもそれは親としてじゃなく、許されない意味で……だからつら過ぎて、綾香さんにすがるしかなかったんだ……」

美母の澄んだ瞳に、うっすらと涙がにじんできた。

「……苦しんでる我が子を助けてあげなきゃいけないのは、赤の他人の未亡人なんかじゃなく、母さんの義務なのに……今までほうっておいてしまって、本当にごめんなさいね、涼ちゃん……」

次の瞬間涼介は、驚きのあまり心臓が止まりそうになった。

母の温かな片手が、彼の股間をやんわりと撫でてきたからだ。

ずっと縮こまったままだったペニスが一気に、ムクムクと充血していくのを若者はおさえることができなかった。

「……今夜からは母さんが、あなたの想いをすべて受け入れて、癒してあげるから……もう二度と、お隣りには行かないで……愛してるわ、涼ちゃん」

パン！……と胸の奥で何かが破裂したような感覚があり、ほんの一瞬のうちに、まるで催眠術が解かれたかのごとく、すっかり消失したはずだった実母への恋情が、若者のハートいっぱいに満ち満ちていった。

四十二歳の実母と十代の息子は、涼介の六畳の個室のシングルベッドの上で寄りそうように向かい合い、互いを見つめていた。

「……ほんとに、僕とエッチなことをしてくれるの？……」

覚悟を決めていた文恵は、静かにうなずいた。

「……でもそれって、絶対にいけないことだよね……だからこそ僕は、ずっと悶々と悩み続けてきたのに……なのにどうして、その気になってくれたの？……」

深く、強すぎる母性愛ゆえ、もともと無意識のうちに彼女もこうなりたいと願っていたことに、未亡人との一件をきっかけに気づかされたということなのか。若い女子ならともかく、歳の近い綾香に我が子を奪われたことへの嫉妬心から、実母としての冷静な判断力を失ってしまったということなのか。

そのいずれが自らにこんな行動をとらせているのかは、文恵自身にも、正直なところわからなかった。

だが、未来ある大切な我が子が未亡人に夢中になっている事実をどうしても認めたくなく、関係を断ち切るためにはこうするしかないのだという確信だけは、揺るがなかった。

「……母子でこうすることはたしかに、許されないことよ……けれどそんな世の中の決めごとよりもずっと深く、強く、母さんがあなたを愛してるってことを、証明したいだけなの」

これだけは間違いのない、嘘いつわりのない本心をささやきつつ、熟母は対面座位の姿勢で我が子を優しく抱きしめた。

「……ああ……母さんの体、どこもかしこも柔らかくて、温かくて……すごくホッとする気分だよ……ギュッとして欲しいって、ずっとずっと願ってたんだ……」

下腹部にグリグリと擦れてくる勃起の硬さを感じつつ、感激にほころぶ童顔を見やると、あまりの愛しさに巨乳の奥がキュンとときめいてしまう。

（……ああん……可愛くて、可愛くてたまらないわ……やっぱりこの子を他の女性に……ましてやお隣りの綾香さんになんて、絶対に取られたくない……）

なぜならお腹を痛めて出産し、今日まで大事に育て続けてきた一人息子は、他ならぬ実の母だけのものなのだから。

脳裏に昨夜目撃した、我が子と綾香との濃厚なキスシーンが浮かんでくる。

（……きっと彼女が、ファーストキスのお相手だったのね……そう思うと、やっぱりジェラシーを感じてしまうわ……涼ちゃん、母さんがもっと素敵な、実の母子でしか味わえない愛のこもった口づけを、じっくりと教えてあげるわね……）

未亡人よりもやや肉厚な、ぽってりとした艶唇をすぼめ、涼介の唇にチュッ……チュッ……とやんわりと吸いつけていく。

「……んふぅ……」

うっとりと鼻息を漏らし、息子はされるがままに、身を任せてくる。

（……はぁん……唇同士を合わせているだけでハートがときめいて、止まらないわ……それこそわたし自身のファーストキスを思い出しちゃうような、特別な感覚……）

唾液に潤った舌を伸ばし、我が子の口内にニュルリと挿入していく。すると涼介の舌もすがるように密着してきたので、優しくねっとりと抱きしめてやる。

これまで堪えてきた想いを一気に遂げようと、むさぼるようにからみついてくる子舌を、おだやかにあやすかのごとく母舌が舐め撫でていく。

ニュルニュル……ニュルニュル……クチュクチュ……クチュクチュ……。

粘膜と粘膜とを擦り合わせる、愛情表現。

今この時、実の母と息子は確実に「常識」という境界線を飛び越えたわけだが、文恵はわずかも後悔していなかった。

ニュルニュル……ニュルニュル……クチュクチュ……クチュクチュ……と湿った音を立てて、よりネッチョリと我が子の口じゅうを味わいつくしていく。

（……うふふ、いたずらっ子みたいに這いまわる涼ちゃんの舌を、わたしの舌で抱っこしてあげているると、この子が小さかった頃を思い出すようだわ……それに涼ちゃんのお口の中、みずみずしくてとっても美味しい……）

抱き合いながらレロリ……レロリ……と涼介の口じゅうの唾液の味を堪能していると、我が子が急に、

「……んくぅ……」

と切なくうめき、唇と唇とをチュバァッ……と引きはがした。

「……どうしたの、涼ちゃん？……」

困ったように、童顔が苦笑する。

「……母さんとキスできただけで、あまりにも嬉しすぎて……めちゃくちゃ興奮しちゃって……」

ハグを解いて少し身を離し、ズボンの股間を示してくる。

「……チ×ポがあり得ないくらいギンギンになっちゃって……痛いくらい、苦しくて……」

見下ろすとたしかにジーンズの生地は、今にも破れてしまいそうなほど激しく突き上がっていた。

3

「……このままだとしんどいから、脱いで楽になってもいい？」

そうことわってから自分で裸にならんと、ベッドから降りようと膝立ちになると、実母が微笑んでそれを制した。

「だったら母さんが脱ぎ脱ぎさせてあげますから、涼ちゃんはそのまま楽にしていて……あなたが幼い頃、いっしょにお風呂に入っていた時みたいに」

言いながら母の両手が手際よくベルトを外し、ジーパンを下ろしていく。

こうしてごくナチュラルにこちらの世話をしてくれるのは、子供のいない未亡人とは異なる、実母だからこそ当たり前に芯から身についている仕草だった。

（……こんなにすんなりと僕を受けとめてくれるってわかってたら、悩まずにストレートに母さんに告白してたのに……）

そう思いつつも、やはり綾香との一件を経なければ、けっしてこの状況には至れなかったのだろうという気もしてくる。

（……実の母子とかそういう問題だけじゃなく、男と女って、すごく複雑で難しいものなのかも知れないな……）

ぼんやりとそんなことを考えているうちに、実母がスムーズにシャツも脱がせてくれ、涼介はあっという間にボクサーパンツのみの半裸になった。

文恵の手指が下着に掛けられ、こちらを見やる。

「……涼ちゃんのアソコを見るのは、小学生の頃以来だわ……しかもこういう状態のものははじめてだから、ドキドキしてしまうけれど……涼ちゃんの成長した証しを、母さんにたしかめさせてね……」

うなずくと、反りかえりに引っかからないように気づかってくれつつ、母の両手が丁寧にパンツを下ろしてくれ、若者は遂に生まれたままの全裸になった。

吸い寄せられるように美母の澄んだ瞳が勃起を見つめ、深いため息が漏れた。

「……こんなにも、大きく、太く……立派になって……お毛々もしっかりと生えて、もうすっかり一人前の、大人のオチ×ポさんね……」

実母がしっとりと声に出す「オチ×ポ」には、未亡人が口にする時の妖しさとは別の、ペニスさえもあくまでも我が子の一部として愛しんでくれているような、温かみがあった。

「……でもいまだに、仮性包茎のままだけど……」

コンプレックスを吐露すると、美貌がおだやかに微笑む。

「……そんなの、少しも気にすることはないわ。ちょっとだけ大人になりきれていないところを残してくれていて、むしろ母さんは、嬉しいくらいよ……」

釘づけになったように、ねっとりとした視線を屹立にからみつけてきながら、文恵がパステルピンクのパジャマのボタンを外しはじめる。

「……母さんも、脱いでくれるの？」

「うふふ、もちろんよ……涼ちゃんがすべてを見せてくれたんだもの。母さんもお返しをしなきゃ、つり合わないでしょ」

スルリと落とされた夜着の中から、純白のブラに包まれた、未亡人の巨乳よりもう1サイズ豊かな爆乳があらわれる。

「……いつもチラチラと、わたしのお胸ばかり盗み見ていて……涼ちゃんはずっと、母さんのオッパイが恋しかったんでしょ」

肩ストラップをずらして両腕を背中にまわし、実母の指先がホックにあてがわれる。

「もうこの歳だし、あまりにも大き過ぎるから……あなたに母乳を飲ませていた頃のようには、きれいな形を保てていないけれど……がっかりしないでね」

申しわけなさそうにつぶやくのと共に金具がプチリとはずれると、下着のカップを内側から弾きとばすように、二つの生乳房がブルリン、ブルルン……とまろび出てきた。

「……どうかしら、母さんのオッパイ……」

熱っぽく凝視しつつ、涼介は生つばをゴクリ……と飲みこんだ。

「……がっかりどころか、母さんらしい温かみがあって、とってもセクシーで……憧れ続けてたとおりの、最高のオッパイだよ……」

一ミリのお世辞もない、本心だった。

たしかにむっちりと豊満すぎるゆえ、重々しく熟しきった乳肉はいくらか垂れていたが、むしろそのくずれ具合には、完璧ボディの綾香にはない、淫らな艶やかさが匂いたっていた。

それに経産婦らしく少し大きめの朱色の乳首は、反射的にしゃぶりつきたくなるような、母性的な魅力があふれていた。

我が子の反応に安堵し、文恵がパジャマのズボンを下ろそうとボディを動かすごとに、たっぷりと実った双乳がフルフルとたゆたうように波打つのも、なんともエロティックな眺めだった。

母は、プリプリの弾力に満ちた未亡人のそれとは異なる、とろけるようなやわやわの軟乳の持ち主なのだということが、触れずとも見ているだけで、涼介には理解できた。

むちむちの太ももも露わにホワイト系のショーツ一つになった実母と、全裸の息子はあらためてベッドの上に座り、向かい合った。

「……母さんのオッパイ、触ってもいい？」

「……ええ。そうしながら、母さんにも涼ちゃんのオチ×ポを、可愛がらせて……母子で仲よく、触りっこをしましょうね」

両手を伸ばし、下からすくい上げるように十本の指で二つの巨乳を包みこむと、予期していたとおり乳肉はムニュムニュと柔らかく、綾香のもの以上にずっしりとした量感に満ちていた。

「……すごい、大き過ぎて手のひらからあふれちゃうよ……」

「うふぅん、Hカップもあるんだもの。仕方がないわ……」

すべらかで温かな指先が勃起の先端に添えられ、そっとゆるやかに亀頭を覆う包皮を剥いてくれる。

未亡人の手つきも慈愛に満ちたものだったが、文恵のタッチには常に、こうして性器をいじっている時でさえも、欲情よりも先に、母親ゆえの優しさが感じられた。

　ムニュリ……ムニュリ……ムニュリ……と揉みしだいていくと、軟乳は手指の形のままに柔らかく変化しつつ、奥にひそんだ弾力でこちらを押し返し、もとの球形を取り戻していく。

「……あふぅん、涼ちゃんの揉み揉み、とってもお上手よ……母さんの下着においたをする時には、どんなふうにオチ×ポさんを慰めていたの？……」

「……いつも自分の手で、シコシコしてた……毎日、三回は……そのくらい抜かないと母さんのことばかり考えて、おかしくなっちゃいそうだったから……」

　美眉が同情するように、切なくひそめられた。

「……そこまで涼ちゃんを思いつめさせていたなんて……今日までずっと見て見ぬふりをしてしまって、いけない母さんだったわ……本当に、ごめんなさいね」

　白魚のような五本指が肉竿にやんわりとからみついてきて、ゆるゆると撫ではじめる。

「ずっとさみしい思いをさせていた分、今夜からは母さんが誠心誠意涼ちゃんを癒してあげますから、安心してね……」

「……はぁぁ……母さんの手、気持ちいい……すべすべで、温かくて……自分でするのとは、何もかも大違いだよ……」

「うふぅん、もうこれからオナニーも……未亡人さんも必要ないのよ……何もかも、母さんがお世話をしてあげるから……」

ムニュリ……ムニュリ……ムニュリ……ともてあそぶうちに、ツンと硬く膨張してきた乳頭を見やり、つぶやく。

「……母子でのはじめての射精は、オッパイを吸いながら、手コキでいかせてほしいな……」

美貌が柔和にほころび、うなずいてくれた。

「涼ちゃんにオッパイをあげるのも、下のお世話をするのも、赤ちゃんだった頃には当たり前にしていたことだものね……なんだか懐かしいような気分になってしまうわ」

くずしていた両ももを上品に揃えて正座をした母が、ひざ枕をさせてくれる。

むちむちと熟した太ももは、どんなに高品質な枕よりも柔らかく、温かな寝心地で涼介の頭を受けとめてくれた。

からみついていた手指が、これまでよりもしっかりとカリ首を締めつけ、ゆるゆると上下に動き出す。

見上げると、母が静かに上半身をかがめてきて、手淫のテンポに合わせてゆらり、ゆらりと揺れながら、ぶら下がった巨乳の中心を彩る乳首がこちらの口もとに近づいてきた。

キスするようにすぼめた唇で乳頭をくわえ、歯を立てぬように注意しつつ吸いはじめる。

チュパ……チュパ……チュパ……。

（……ああ……綾香さんの乳首よりもちょっと大きい分、僕の口にジャストフィットするみたいで……やっぱり、実の母子だからなのかな……）

シコ……シコ……シコ……シコ……チュパ……チュパ……チュパ……。

「……あはぁん……赤ん坊の頃は、そんなふうに意識したことは一度もなかったのに……涼ちゃんのおしゃぶり、とっても心地よくて……乳首がどんどんお勃起してしまうわ……」

言うとおり、吸えば吸うほどにビンビンに充血し、尖っていく乳頭を、舌先でペロペロと舐め弾き、感触を愛おしむ。

（……母さんのチ×ポいじりも、綾香さんにはない温かみがあって……すごく、気持ちいいよ……）

クチュ……クチュ……クチュ……クチュ……。

ほぼ無音だった母の手淫から、湿った響きが聞こえはじめる。

「……ああん、涼ちゃんのオシッコの穴から粘っこいおつゆがあふれてきたわ……感じてくれているのね……母さん、嬉しいわ」

クチュ……クチュ……クチュ……クチュ……。

流れ落ちるカウパーを自ら指にからみつけ、ローションのように活用してくれているのだろう。

すべらかだった手指が粘液に湿り、ネッチョリとペニスに吸いついて密着してくることで、マッサージの刺激がグングンと倍増し、快感が急速に高まっていく。

この数日間の未亡人とのまぐわいで、それなりに鍛えられて我慢強くなってきたはずなのに、たかが手コキだけで、涼介は早くも絶頂への危機感を抱かずにはいられなかった。

（……少ししごかれただけで、こんなにたかぶっちゃうなんて……でも、ようやく夢が叶ったんだ……チ×ポが反応しすぎちゃうのも、しょうがないよな……）

チュポッ……と乳首を唇から離し、手慰みに合わせてユッサユッサと躍る巨乳越しに、美貌を見上げる。

「……ああ……母さん、僕……もう、出ちゃいそうだよ……」

こちらを見下ろし、実母が菩薩のようにおだやかな笑みを浮かべる。

「……それじゃあわたしがすべて受けとめてあげますから……母さんのお手ての中に、お射精して」

手淫を持続されながら涼介は身を起こして膝立ちになり、文恵は肉茎の角度を調節しつつ先端に、もう一方の手のひらをあてがっていく。

「……オチ×ポからオシッコ以外のものが出るところを見るのも、考えてみればはじめてのことだわ……これも、あなたの成長の証しね……涼ちゃんのおザーメンがどんなものなのか、母さんにたしかめさせて……」

クチュクチュ……クチュクチュ……クチュクチュ……クチュクチュ……。

フィニッシュをうながすように、美母がピストンのペースを加速させていく。

「……んくぅ……母さん……で、出るぅぅぅっ……」

ブピュ、ブピュ、ブピュピュピュピュッ……。

真ピンクに腫れあがった亀頭からビュルビュルと放出されていく濁液を、実母はわずかもこぼすことなく丁寧に、くぼませた手のひらの器にキャッチしていく。

それは実の母子だからこそ可能なのだろう、絶妙な息の合い方だった。

ブピュ、ブピュ、ブピュピュッ……。

「……すごいわ……こんなにいっぱいだなんて……母さんのお手てから、あふれてしまいそう……」

放ち終え、深く息をつく。

「ふぅぅ……めちゃくちゃ気持ち良かった……母さん、ありがとう……はじめて母さんにこうしてもらえて、マジで感激だよ……」

手器をいっぱいに満たした大量の精液を見つめ、美母も感想をつぶやく。

「……涼ちゃんのお精子……とっても温かくて、まるでミルクみたいに清らかに真っ白で……」

澄んだ瞳が、こちらを見つめてくる。

「……オッパイを吸われている時、もうあなたに母乳をあげられないことが、残念でならなかったの……でもその代わりに、涼ちゃんはこんな素敵なものをオチ×ポから出せるようになっていたのね……」

美貌がやわらかくほころび、片手の端にそっと唇をつけ、貴重な液体を扱うようにジュルリ……ジュルリ……と口内に吸い取っていく。

「……母さんったら、いきなり何してるの？……」

ポカンと傍観するうちに、実母は微笑みをくずさぬまま、コクリ……コクリ……コクン……と放出液を一滴も残さず、飲み下してしまった。

「……ふぅぅ……四十年以上も生きてきて、こんなことをするのははじめてだけれど……やっぱり我が子のものだけは、特別なのかしら……あまりにも美味しそうだったから、どうしても飲まずにはいられなかったの……」

プルンとした桃色のリップにまとわりついた残り汁さえもペロリと舐め取り、あらためて息を漏らす。

「……しかも想像よりも、ねっとり濃厚でみずみずしくて……とっても美味しかったわ……涼ちゃん、ありがとう。ごちそう様でした……」

未亡人といい、女性は歳を重ねるうちに若い男性の体液を美味に感じるように、自然になっていくものなのだろうか。

自らの存在を全肯定してくれるようで涼介は素直に嬉しかったが、熟女というものの底知れない神秘も、同時に彼は感じずにいられなかった。

「……あんなにたくさんドピュドピュしたのに、オチ×ポさんはギンギンのまま……信じられないほど、元気なのね……」

一度の手コキだけでは縮んでしまうはずもない、若々しい屹立を見やり、当惑したというより感激したように、実母がささやく。

「……僕の一番の望みは、母さんとセックスすることなんだから……それまでは何回射精したって、チ×ポは満足してくれないよ」

「……何回でも？」

確信を持って、うなずく。

「何度でも、何十回でも……」

「母さんが涼ちゃんと……セックスをしてあげたら……もう二度と未亡人さんとはああいうことをしないって、約束してくれる？」

心身を呈して苦しみから救おうとしてくれた綾香に対し、すまなさを感じなくはなかったが、涼介は迷わずうなずく。

積年の望みがようやく成就するのだから、未亡人への気持ちが遠くの方へ追いやられてしまうのも、仕方のないことだった。

「……うん、約束するよ、母さん」

その言葉に、実母というよりも恋人か妻のような、「女」そのものの安堵の表情を浮かべつつ、文恵がネッチョリとディープキスをしてくる。

ニュルニュルとからみついてくるその舌からは、ついさっき嚥下してくれたばかりの自分のザーメンの残り香が、ほんのりと感じられた。

「……愛してるわ、涼ちゃん」

「……僕も愛してるよ、母さん」

口づけを解いて見つめ合い、これまで母子同士で交わしたこともなかった真っ直ぐなワードを、互いに口にする。

もはや二人は単なる「家族」ではなく、同時に「一人の男」と「一人の女」へと、確実に大きな変貌をとげていた。

「……ああん、涼ちゃん……すべてきれいにお手てで受けとめたつもりだったのに、おザーメンの残り汁が少しだけ垂れて、オチ×ポさんを汚してしまっているわ……母さんが優しく、後始末してあげますからね」

膝立ちにさせた我が子の股間に美貌を寄せていき、尿道口から少しだけ漏れ出て亀頭にまとわりついている白濁を、実母の濡桃色の舌がペロリ……ペロリ……と舐め取りはじめる。

やんわりと舌で一撫でされるごとにヒクリ……ヒクリ……と肉棒を弾ませつつ、涼介が感極まったようにつぶやく。

「……大好きな母さんに僕、チ×ポを舐めてもらってるんだね……すごく気持ち良くて、感激だよ……」

すっかりカリ首のクリーニングを終え、舌上にたまった精液さえもお代わりのようにコクン……と嚥下した文恵が微笑む。

「……涼ちゃんのギンギンのオチ×ポ……こうして触れ合えば触れ合うほどに、どんどん愛しくなっていくわ……舐めるだけじゃなく、母さんのお口の中で思いっきり抱っこさせて……」

ふっくらした熟唇が大きく開き、エラの張った亀頭をすっぽりと口内に含み、温かな母の粘膜がしっとりと優しく、包みこんできた。

4

すぐにしごくようなことはせず、まずは頬をすぼめて口じゅうでねっとりと抱擁し、プリプリした先端の表面を舌でおだやかに撫で撫でしていく。

（……んふぅん……実の息子におフェラをするなんて、絶対に許されないことだと思っていたけれど……実際にこうしてみると、ごく自然な母子同士の愛情表現だとしか、感じられないわ……）

家族同士がハグをすることは「善きこと」として肯定されているのに、それが特定の部位と部位の場合にだけ、なぜ忌避されなければならないのか。

今となっては文恵は、自らが母子相姦をずっとタブー視してきたこと自体を、あまりにもバカバカしい思いこみだったとしか、考えられなくなっていた。

しゃぶるというより、最愛の息子の大切な体の一部を慈しむように、実母はゆるゆると舌と粘膜をうごめかせ、熱く膨らんだカリ首をやわらかく「抱っこ」し続けた。

「……小さかった頃にギュッとしてくれて、頭を撫で撫でされた時みたいに……母さんのくわえ方、エロいっていうよりとっても温かくて……感じちゃうだけじゃなく、とっても癒されるような気分だよ……」

おだやかに息をつきながらの我が子の感想が嬉しく、実母はくわえたまま、ゆっくりと美貌を前進させ、亀頭だけでなく肉の砲身をも、口内に受け入れていく。

（……あふぅん……先っちょだけじゃもの足りない……涼ちゃんのオチ×ポを丸ごと全部、母さんのお口で抱っこしてあげたくなっちゃう……）

んむ……んむ……んむ……。

強すぎる母性愛がそうさせるのだろう、文恵は無意識のうちに硬い肉竿を奥へ、奥へと飲みこんでいった。

（……んぐ……んぐ……こんなこと、夫にもしたことがなかったけれど……これが涼ちゃんのものだと思うと、こうせずにはいられないわ……）

四十を過ぎてのはじめてのディープスロートに、いくらかの苦しさはあったが、母はかまわずゆるゆると長大な肉棒を含んでいき、ついに根もとまでのすべてが、美しい小顔の中におさまってしまった。

ニュポッ……と同時に張りきった亀頭が狭い喉粘膜に突き刺さり、どうしても若干の嘔吐感がこみ上げてきたが、文恵は懸命にそれをこらえた。

（……この程度のつらさなんて、この子をお腹から産んだ時の大変さに比べたら、どうということもないわ……むしろ涼ちゃんが母さんの中に戻ってきてくれたようで、嬉しいくらいよ……）

暖かな喉肉で息子を抱擁し続けるうちに、徐々に抵抗感もやわらぎ、平常心を取り戻していく。

「……信じられない……チ×ポが全部、母さんのきれいなお顔の中に飲みこまれちゃった……ああ……喉がネッチョリ吸いついて、先っぽを締めつけてきて……めちゃくちゃ気持ちいい……」

（……んふぅん……抱っこしてるだけで感じてくれているのね……もっときつく、ギュッとハグしてあげますからね……）

若草のような陰毛の茂ったつけ根に唇を押しつけたまま、実母はさらに献身的に粘膜をしぼり、キュッ……キュッ……キュッ……と喉奥でカリ首を抱きしめてやった。

「……うはぁ……それ、最高すぎるよ……まるで母さんのお口の中が、オマ×コになっちゃったみたいだ……」

オマ×コ……。豊乳の奥の美母の心臓が、ドキリと跳ね上がった。

どちらかといえば優等生に育ってくれたと思いこんでいた我が子の口から、いきなり下品な四文字を聞かされたのだから、母親として軽くショックを受けてしまうのも、当然だった。

（……もう、涼ちゃんたらそんなふしだらな言い方、どこで覚えてきたのかしら……）

ふっと、隣家の未亡人の美貌が脳裏に浮かぶ。

（……きっとあの人にたぶらかされて、そんなことまで教えこまれてしまったのね……）

お下劣な言葉はもう二度と、母さんの前ではけっして口にしないで。ついつい保護者モードに戻ってしまい、そう言いたくなる衝動を文恵はおさえこんだ。

（……未亡人さんにだけは、負けたくない……絶対にもう、この子をあの人に奪われたくない……だとしたらわたしが綾香さん以上に淫らになりきって、涼ちゃんを喜ばせてあげなきゃ……）

一線を越えてしまった実母の覚悟は、並大抵のものではなく、鋼のように強靭だった。

今の文恵は息子の前でだけなら、世界中のいかなる女性よりもいやらしく淫乱な、娼婦のような女になってみせる自信があった。

ニュプッ……と喉粘膜から亀頭を抜き取り、ニュル……ニュル……ニュル……と美貌を後退させていき、いったん勃起ペニスを解放してやる。

切っ先と母唇との間には、唾液よりも粘度の高い喉汁がねっとりと太い糸を引き、キラキラと透明に輝いていた。

（……母さんの方が未亡人さんよりも涼ちゃんを夢中にさせられるってことを、今から証明してみせますからね……）

ベッドに我が子を座らせ見つめ合い、微笑みながらボディを妖しくくねらせ、巨乳をプルンプルンと揺らしつつ、誘っていく。

「……うふぅん……お口の奥が……オ……オマ×コみたいだなんて……母さんの本もののアソコは、もっと素敵なものなのよ……だってあなたは、母さんのオマ×コから生まれてきたんですから……」

この歳になって人生ではじめて、しかも実子に向かってそのワードを発することに、もちろん禁忌を犯す後ろめたさがないわけではなかった。

だが一方で、自らそれを発声することでエロティックな気分が一気にたかぶっていくのも、明らかな事実だった。

「……涼ちゃんにとっては十数年ぶりの再会だけれど、ひさしぶりに……あなたのふるさと……母さんの生のオマ×コを、じっくりと見せてあげるわね」

「……そうか……僕は母さんから生まれてきたんだから……実はもうとっくに、母さんのオマ×コの温かさを、知ってたんだね……」

感激したようにつぶやく我が子に笑みをくずさぬまま、ショーツを下ろして全裸になっていく。

「……はぁぁ……母さんのマン毛、ふわふわで柔らかそうだけどとっても濃くって、赤ちゃんの髪の毛みたいだ……」

実の息子に、女性器を見せてやる。これはまさに「ふるさととの再会」以外の何ものでもなく、今や文恵はそれがいけないことだとは、少しも思えなくなっていた。

後方に両手をついてバランスを保ちながら、ストリッパーのように両ももを優雅にひろげて、大股開きのポーズをとっていく。

「……うふぅん、涼ちゃん……よぉく見てね……これが、あなたが十月十日を過ごしてきた子宮の入り口……なつかしい母さんの、オマ×コよ……」

屹立をヒクヒクさせながら我が子がM字の中心に顔を近づけ、凝視してくる。

「……十か月もこの中にいたのに、何も覚えてないなんて残念だけど……僕はここから、この世に出てきたんだね……」

涼介の指先が閉じ合わさった肉びらに優しく触れてきて、けっしてはじめてではないだろうジェントルな手つきで、そっと左右に割り開いていく。

「……母さんのオマ×コ、小陰唇が花びらみたいで……こうしてひろげると、ほんとに花が咲いてくみたいで、すごくきれいだよ……」

（……褒めてくれるのは嬉しいけれど……きっと涼ちゃんは心の中で、未亡人さんのものとわたしのオマ×コを比べているのね……そう思うとやっぱり、「はじめての女」になれなかったことが、悔しくてたまらないわ……）

綾香への対抗心がチロチロと妖しく燃え上がり、淫母になりきらねばという意志がどんどんと加速していく。

「……ねぇ涼ちゃん、わかる？……まだ何もしていないのに、クリトリスさんが硬くなって、オマ×コの穴……膣の中からエッチなおつゆがあふれているでしょ……」

「……本当だ……僕だけ勃ちっぱなしなわけじゃなく、母さんもスケべな気分になってくれてるんだね……」

「……ええ、あの頃のように……またあなたにオマ×コの中に帰ってきてほしくて……涼ちゃんのオチ×ポが恋しいって、オマ×コがいやらしい涙をこぼしているのよ……」

身を起こした我が子が女体をおだやかにシーツに押し倒し、その上に正常位の体勢でのしかかってきて、母子で見つめ合う。

「……僕もずっと、母さんの中に里帰りしたいって願い続けてきたんだ……やっと、一番の夢が実現するんだね……もう、待ちきれない……今すぐチ×ポを入れても、いい？」

おだやかに、うなずく。

「触れなくてもわかるくらい濡れているから、前戯もいらないわ……けれどいく時には、お外に出してね……周期的に今日はまだ、安全日じゃないから……」

記念すべき母子での初セックスでこんな野暮なことは言いたくなかったが、それでも妊娠という最大のあやまちだけは、犯したくなかった。

さすがにそこは、まだ未熟な涼介でも理解しているのだろう。童顔が素直に、首を縦に振ってくれた。

「……いい子ね、涼ちゃん。その代わり、お射精したミルクは母さんがすべてゴックンしてあげますから、お漏らしせずにお上手に、いく前にオチ×ポを抜きとるのよ」

「……うん、生でできるだけで感激なんだから、何でも母さんのいう通りにするよ」

今から避妊具も着けずに母子にあるまじき行為をするところだというのに、文恵は我が子の素直さが愛しくてたまらず、思わず彼の頭を撫で撫でしてやらずにはいられなかった。

「愛してるわ、涼ちゃん……」

「……愛してるよ、母さん」

ぷっくりとした亀頭が潤った女陰に押しあてられ、膣口を探ってくる。

それこそそこが、勝手知ったる「生まれ出でた場所」だからだろうか、母子でのはじめてのまぐわいだというのに涼介はほとんど迷うこともなく、潤った入り口にすぐに、たどり着いた。

ムニュリ……ニュルン……。

まずは膨れた先端を粘膜で受け入れただけで、実母の全身をしびれのような甘い快感が駆けめぐっていった。

「……あはぁん……お帰りなさい、涼ちゃん……わたし達、また一心同体に戻れたのね……」

「……想像してたとおりだ……母さんのオマ×コの中、とってもポカポカ温かいよ……」

ジュブ……ジュブ……ジュブ……とゆるやかに肉棒が膣道をひろげ、奥へと刺しこまれてくる。

（……んくぅん……かなりひさしぶりのセックスだからかしら……涼ちゃんのオ

チ×ポ、おフェラの時よりもずっと大きく感じられて……きちんと根もとまで、オマ×コで抱っこしてあげられるかしら……）

ズブ……ズブ……ズブ……ズブリ……。

ほぼ十年も夫とはご無沙汰で、それ以来の行為なのだから若干の不安を覚えずにはいられなかったが、実母の膣穴は無事、我が子の勃起ペニスをつけ根まですべて、体内に帰還させてやることができた。

まだ腰は動かさずに、涼介の両手が双乳を摑み、グニュリ……グニュリ……と揉みしだいてくる。

「……喉奥フェラもそうだったけど、オマ×コも……チ×ポをグイグイ締めつけてくるっていうより、しっとりおだやかに包みこんでくれる感じで……母さんの体ってどこもかしこも、最高に優しくて、心地いいんだね……」

「……んふぅん……当然だわ……だってわたしは他の誰でもない、涼ちゃんの実の母さんなんですから……」

童顔が納得したように微笑み、巨乳を揉み揉みしながらゆっくりと、下腹部を前後に動かしはじめる。

ヌチュッ……ヌチュッ……ヌチュッ……。

一突きされるごとに、快楽のみならず何ともいえない幸福感が、胸の内ににじんわりとひろがっていく。

（……んひぃん……セックスって、こんなに素敵なものだったかしら？……夫としていた時は、こんな気分になったことはなかったのに……やっぱり母さんにとって実の息子は、かけがえのない特別な存在なんだわ……）

ヌチュッ……ヌチュッ……ヌチュッ……ヌチュッ……とピストンのペースが、少しずつ速まっていく。

「……母さんのオマ×コ、優しく抱っこしてくれるだけじゃなく……ネッチョリとろけるように、チ×ポにからみついてきて……めちゃくちゃやらしくて、気持ち良すぎるよ……」

「……くふぅん……涼ちゃんのオチ×ポも熱々で、ギンギンで……母さんの中でやんちゃに跳ねまわって……オマ×コが火傷をしてしまいそうなほど、感じちゃうわ……」

ヌチュッ……ヌチュッ……ヌチュッ……ヌチュッ……。

腰を振りつつこちらを見つめてくる童顔のつぶらな瞳に、うっすらと涙がにじんでくる。

「……ああん、涼ちゃんたら……泣いているの？……ようやく長年の望みが叶えられたのに、どうして？……」

我が子が抜き差しを止めぬまま、泣き顔のまま微笑む。

「……だからだよ……母さんと一つになれたことがあまりにも嬉しすぎて……勝手に目が濡れてきちゃって……」

ここまで我が子を思いつめさせてしまっていたのだという申しわけなさに、胸の奥がギュッと痛み、実母の瞳までもがうるうると湿ってくる。

「……今の今まであなたの気持ちに応えてあげられなくて、本当にごめんなさい……いけない母さんを、許してね……」

涼介のボディをきつく抱きしめ、耳もとにささやく。

「……その分、今夜からは優しい、素敵な母さんになるって約束するから……涼ちゃんのしてほしいことなら、それがどんなに淫らで変態的なことでも叶えてあげますからね……」

「……ありがとう、母さん……もう僕たちって母子なだけじゃなく、恋人同士になれたんだよね？……これからはもう母さん以外の女性は誰も愛さないって、僕も約束するよ……」

ピュアな喜びと共に、間違いなく隣家の未亡人から我が子を奪還することができたという安堵感が、文恵のハートに満ちていく。

「……そうよ、涼ちゃん。わたしはあなたの母さんであり、あなただけの〝女〟になったの……これからは四六時中ずっと母さんのオッパイやオマ×コで、涼ちゃんを可愛がって、愛してあげますからね……」

グッチュ……グッチュ……ズッチュ……ズッチュ……。

勃起の出し入れのスピードがどんどん速く荒々しくなっていき、性器と性器がこすれ合う粘音もはしたなく高鳴っていく。

「……んふぅん……そんなに激しくされたら、母さん、もう……涼ちゃんのオチ×ポで達してしまいそうだわ……」

「……僕もギリギリだけど、もうちょっとだけガマンできそう……母さんのいくところを先に、よぉく見せて……」

ピストンの勢いを少しも緩めぬまま、涙をぬぐった目で我が子が実母の美貌を熱く凝視してくる。

（……実の息子にエクスタシーの瞬間の表情を見られるなんて、セックスをしていること以上に恥ずかしい気分だけれど……全部何もかも、見せてあげますからね……）

むしろそんな羞恥心こそが欲情を後押しするのか、ペニスにズボズボとえぐられ続ける母膣の快感が一直線に急上昇していき、もう、止められなかった。

「……いひぃん……母さん、もう……こ、堪えきれないわ……んぐぅん……涼ちゃんのギンギンオチ×ポで……い、いっちゃうぅぅぅぅっ！……」

両腕のみならず両脚までも息子の体にからみつけ、しがみつきながら、文恵は女体をビクビクと痙攣させながら、夫との性交では味わったこともなかった巨大な悦楽の波に、飲みこまれていった。

（……涼ちゃんとの交わりが、こんなにすごいものだったなんて……やっぱり産んだ息子だけは実の母にとって、他の男性とは違う、特別なものなんだわ……）

こちらを刺激しすぎないように気をつかってくれたのか、前後運動をストップさせつつも膣道の中でヒクリ、ヒクリと脈打つ肉棒の存在を愛おしく感じながら、文恵はしばしの間、甘い幸福に浸りきっていた。

「……母さんのいく時の顔……いつもよりもますます綺麗で……めちゃくちゃどスケベな表情で……オマ×コを見た時よりもエロい気分になっちゃって……僕ももう、いっちゃいそうだよ……」

涼介の声を聞いて我に返り、母親モードに戻りつつささやいてやる。

「……涼ちゃんのオチ×ポさん、お漏らししてしまいそうなの？……」

童顔が、切実にうなずく。

「……うん、もう限界」

「……出してしまう前にきちんとガマンできて、涼ちゃんはとってもいい子ね……さあ、母さんがすべてゴックンしてあげますから、オチ×ポをお口にちょうだい……」

ニュル……ニュル……ニュッポリ……と女陰から長大な屹立が抜き取られ、実母はゆっくりと横たえていた全裸を起こす。

これまでの母子関係は、お互いの愛情を百パーセントは受け入れ合えずにいた、偽りのものでしかなかった。

だがこれからは、産みの母子間でしか味わえない真実の「愛の生活」が始まるのだ。

文恵は四十二年の人生で最高の至福感に包まれつつ、今にも暴発しそうにパンパンに膨張しきった我が子のペニスに、おだやかに美貌を近づけていった。

第四章　浴室で母から受けるとろける淫技

1

翌日、土曜の午前十時過ぎ。

自室のベッドで一人、涼介は深い眠りからゆっくりと浮かび上がるように、心地よく目を覚ました。

昨夜のはじめてのまぐわいの後、小休止をはさみつつも、彼は対面座位や後背位とポーズを変えながら実母と交わり続け、積年の想いをありったけのザーメンに込めて、実母にぶちまけきった。

そしてお互いに全裸のまま、クタクタになった体を美母に優しく抱きしめられながら、涼介は充実感に満たされつつ、安らかな眠りに落ちていったのだった。

横たわったまま周囲を見回すと、一足先に起きたのだろう、室内に母の姿はなかった。

今日は土曜で学校もないからと、射精に次ぐ射精で疲れきっているだろう我が子を気づかい、彼女は涼介が充分睡眠を取れるように、そっとしておいてくれたのだろう。

（……大きなオッパイも……体じゅう全部……どこもかしこもふわふわ柔らかくて、温かくて……母さんに包みこまれてると、まるで子宮の中に戻れたみたいでホッとする気分で……こんなにぐっすり眠れたのって、久しぶりだな……）

ふと、裸体に掛けられている毛布を持ち上げて股間を見やると、酷使して満足げにしぼんでいったはずのペニスが、また何ごともなかったかのように隆々と、しっかりと朝勃ちしていた。

我ながらいくら何でも精力があり余りすぎだと、つい呆れてしまう。

（……でもこれからは、母さんと毎日何度でもエッチなことができるんだ……チ×ポがワクワクして、勃ちっぱなしになっちゃうのも当然のことだよ……）

それから不意に、隣家の未亡人の美貌が脳裏によみがえり、幸福感でいっぱいの胸の片すみが、チクリと痛んだ。

深夜、文恵とのセックスを終えた後、涼介は母への「純愛」を証明すべく彼女の目の前で、スマホで綾香に決別のメールを送信したのだった。

「もう、二人きりで会うのは終わりにしましょう」

ほとんど要旨はそれだけの、シンプルな文言だった。

母子相姦という夢が成就したという事実は告げず、

「他に好きな人ができました。同級生の女の子です……」

などともっともらしい嘘の言いわけをすることも、あえてしなかった。

こちらから未亡人に恋人になってほしいと懇願しておいて、わずか数日でまた一方的に関係を断ち切りたいと望む時点で失礼にもほどがあるのだから、どんな言葉を連ねてもムダなことだとしか思えなかったのだ。

(……申しわけなくて、綾香さんのことを思うと心が苦しいけど……でも僕には、母さんじゃなきゃダメなんだ……)

トン、トン……と軽やかにノックの音がし、静かにドアが開かれた。

一瞬のうちに未亡人の美貌のイメージと、彼女への罪悪感がいずこかへ雲散霧消してしまった。

微笑みながらしずしずとこちらに歩み寄ってくる美母のコスチュームが、あまりにもエロティックだったからだ。

「うふふ、やっぱり母子だからテレパシーが通じているのね……ついさっき涼ちゃんが目を覚ましたって気がして、覗いてみたの……おはよう、涼ちゃん」

「……おはよう、母さん……ていうかその格好、すごくエッチで、でも母さんらしくて……最高だよ」

エッチなのに、母さんらしい。

そう、文恵は昨夜のままの豊満な全裸の上に、母の象徴ともいえるパステルピンクのエプロンのみをまとった、いわゆる「裸エプロン」姿だったのだ。

「……うふぅん……あなたの朝ごはんの準備をしていたから、たまたまこれを羽織っただけだったんだけれど……気に入ってもらえたのなら、母さんも嬉しいわ」

美熟女がボディをくねらせると、前掛けの深い襟ぐりから今にもあふれ出そうな二つの爆乳が、プルルン、プリリン……と揺れたゆたった。

「……エプロンだけってことは、後ろはどうなってるの？」

美貌がにっこりとほころび、可愛らしく女体をクルリと反転させ、少し照れくさそうに丸出しのヒップを、プリプリとうねらせてくれる。

当たり前だが背面はわずかも生地に隠されておらず全裸同様で、しかしエプロンという家庭的なものをまとっている分、母の衣装は単なるオールヌード以上に背徳的な卑猥さに満ちていた。

（……普通のエプロンなだけなのに、綾香さんの高級なパーティドレスよりも、ずっとグッときちゃうよ……それに母さんのお尻も、綾香さんよりも大きくて、お餅みたいに柔らかそうで、めちゃくちゃセクシーだ……）

そんなことを考えながら上半身を起こし、寝台から降りようとすると実母がそれを制しつつ、寄りそうようにベッドサイドに座ってきた。

「昨日はあんなに何度もドピュドピュしたんだから、まだ疲れが取れきっていないんじゃないかしら……お目覚めのお世話は、母さんが手取り足取りしてあげますから、このままベッドで楽にしていて」

何から何まで、甘やかしてくれる。こんな、実母にしかできないだろう愛情表現にしみじみと感激しつつ、涼介は彼女にしたがって、ふかふかの枕に背中をあずけた。

「……まあ、涼ちゃんたら……疲れてるどころか、ここはもうこんなに元気いっぱいなのね……」

股間の膨らみに目ざとく気づいた文恵が、下半身を覆っている毛布をスルスルとずらし、そそり立つ肉棒を午前のたおやかな陽ざしの中で、露わにしていく。

「……だって朝勃ちは自然なことだから、どうしてもこうなっちゃうんだ……夜の灯りと違って真昼間だと、チ×ポをまじまじと母さんに見られるの、なんだか照れちゃうな……」

「うふふ、実の母子の間で恥ずかしがることなんて、何もないわ……母さんも見せてあげますから、これでおあいこでしょ」

実母の手がエプロンの胸もとをグイ……グイ……と引き下げていき、二つの生巨乳が一方ずつ、ブルリン……ブルルン……と躍るようにむき出しにされていく。

窓からの陽光に照らされた丸々とした乳房は、夜の照明の下で見るよりも透きとおるように真っ白で、ため息が漏れるほど美しかった。

すべらかな片手が反りかえった肉竿をそっと包みこみ、まだしごいたりはせず、やんわりと撫でまわしはじめる。

同時にもう一方の手が、入室した時に持ちこんでいたトレーの上に置いてあった、乳白色の液体に満ちたグラスを取り上げる。

「ぐっすりお寝んねして、すっかり喉が渇いてしまったでしょ……お目覚めのミルクで、お口を潤しましょうね」

器をかかげながらこちらに近づいてくる美母の巨乳に自然に手指が伸び、涼介はモチモチの軟乳をムニュリ、ムニュリといじくらずにはいられない。

「……ほんとは牛乳なんかじゃなく、母さんのリアルな母乳をもう一度飲んでみたいけど、それだけは絶対に無理なんだよね……」

美貌が残念そうに、小さくうなずく。

「……母さんだって叶うことなら、また涼ちゃんにオッパイミルクをごちそうしてあげたいのよ……でもその代わりに……」

美しい母の顔が、また柔らかくほころぶ。

「母さんが優しくお口移しで飲ませてあげますから、この牛乳をわたしの母乳だと思いながら、じっくり味わってね……」

ゆるやかに撫でくすぐるような手淫を続けながら、美唇が器の液体を口内に含み、そっとこちらにキスをしてくる。

（……ああ、母さんから僕の口の中に、ミルクが注ぎこまれてくる……ほんのり温かくて、甘くて……いつもの牛乳とは比べものにならないくらい、めちゃくちゃ美味しい……）

とろけるような巨乳をグニュグニュと揉みしだき、勃起をいじくられながら、涼介はうっとりと「母なるミルク」をゴクリ、ゴクリと嚥下していった。

「……うふふ、涼ちゃんたら……そんなに夢中で飲むから、お口のはしから少しだけこぼれちゃってる……母さんが、きれいにお清めしてあげますからね」

美母が舌を伸ばし、唇についたしずくをペロリ……ペロリ……と舐め取ってくれる。

「……口移しだと、リアルに母さんのオッパイを飲んでる気分になれて、最高だよ……今度は母さんのつばもたっぷりと混ぜて、もっと飲ませて」

そんなアブノーマルな要望にも母は優しく微笑んで首肯し、あらためて新鮮なミルクを含んでからしばし口内でもぐもぐし、二口目のキスをしてくる。

ゴクリ……ゴクリ……ゴクン……。

聖母の清らかな唾液とカクテルされた牛乳は、これまで十代の若者が味わったことがないほどの甘露で、涼介は酔いしれるような酩酊感を覚えずにはいられなかった。

しかも飲ませてくれるだけでなく、唇を合わせたまま嚥下の後には温かな母舌がヌルリと口内に侵入してきたので、涼介は舌と舌とをからめ合わせ、しばしの間濃厚なミルク味のディープキスを楽しんだ。

「……ふぅぅ……美味しすぎて、クセになっちゃいそうだよ……」

「うふぅん、良かった……もしも涼ちゃんが望むのなら、これからは何を飲む時も、食べる時も、母さんがこうしてあげてもいいのよ……」

グラスを戻したトレーに載っている、もう一つの器を母の手が取り上げる。それには、一口大にカットされた様々な季節のフルーツが盛りつけられていた。

「朝食代わりに果物を用意したんだけれど、これもオチ×ポを撫で撫でしながら、母さんのお口で噛み噛みしてから、口移しで食べさせてあげましょうか？……」

非常識ではあるが、むしろ実の母子ならではとも思える淫らな飲食法に魅かれながらも、今は食欲よりも性欲が勝ってしまい、別のリクエストをする。

「……後でいっぱい、食べさせて。今はチ×ポがムラムラしてきちゃって、そっちの方が気になって……お腹が減ってるかどうかも、よくわからないんだ……」

器を置きながら、美母が微笑む。

「うふふ、先にオチ×ポのお世話をしてほしいのね……いいわ、母さんのミルクの次は、涼ちゃんの朝の一番搾りのミルクを、わたしにゴックンさせて」

巨乳をもろ出しにした裸エプロンの実母が全裸の我が子をあお向けに横たえ、ベッドに上がって下半身に覆いかぶさってくる。

「……こうしているとあなたが赤ちゃんだった頃に、オムツを替えてあげてたことを思い出しちゃう……」

母の両手がこちらの両脚をつかみ、それを懐かしく再現するようにグイッと持ち上げ、いきなり涼介にM字開脚の体勢を取らせていく。

「……母さんったら、何してるの?……こんな格好、恥ずかしすぎるよ……」

「うふふ、おとなしくしていて……母さんだってこれと同じポーズで、涼ちゃんにオマ×コを見せてあげたでしょ……」

そう言われるとたしかにその通りなので、若者は頬をほんのりと赤らめつつもすべすべの手指が、実母に身を任せていった。

抗うのを止め、大股開きによってすっかりむき出しになった玉袋を、さわさわと撫でまわしてくる。

「……涼ちゃんのお金玉、プリプリに膨れていて……昨日あんなにお射精したのにたった一晩眠っただけで、もう新鮮なおザーメンでこの中がパンパンなのね……」

我が子の若々しい回復力に感嘆するように文恵がため息を漏らしつつ、更に両ももをいっぱいにひろげていく。

「……ああん、こうするとお尻の穴まで丸見えよ……あふぅん……涼ちゃんのアナルさん、とってもきれいで、可愛らしいわ……」

さすがにそこまで露わにされると顔がますます熱くなり、つい脚を閉じそうになってしまう。

「……そんなところ、可愛いわけないじゃん……いくら相手が母さんだとしても、人に見せるようなものじゃないよ……」

「もう、何を言ってるの？……母さんはあなたが赤ん坊の頃、ここもいつもきれいに拭き拭きして、面倒をみてあげていたのよ」

それも、間違いないことだった。実母は涼介のペニスも、睾丸も、そして肛門さえも、彼がこの世に生を享けた時から既に、すべてを熟知していたのだった。

だとしたら今さら、何を戸惑うことがあるのだろうか。

羞恥心がゆるゆると消え去っていき、美母に最も秘すべき部位をさらしていることへの開放的な喜びさえもが、芽ばえはじめてくる。

「……涼ちゃんのお尻の穴、とっても素敵だから……おフェラの前に、ここにもキスさせてね……」

ドキリと、胸が高鳴る。

（……見られるだけじゃなく、まさかキスだなんて……）

自分も未亡人の美麗な菊門を舐めずにはいられなかったが、彼女から同じ奉仕を受けることはなかった。

ゆえに女性が男性のここに口をつけることなど、絶対にあり得ないのだ、そういうものなのだと、彼はごく当たり前に考えていた。

（……でも母さんは、そこまでしてくれるんだ……やっぱり僕にとって母さんは、世界中でたった一人だけの、特別な恋人なんだ……）

温かなナメクジのような軟体が、触れるか触れないかの繊細なタッチで、十代の男の子の肛門をそっと撫ではじめる。

ペロリ……ペロリ……ペロリ……。

そこが性感帯であるという自覚を持ったこともなかった秘所が、くすぐったいような快感に包まれ、背すじがゾクゾクしてくる。

「……はぁぁ……不思議な感覚だけど……めちゃくちゃ気持ちいい……」

ペロリ……ペロリ……ペロリ……。

目視できなくても、美母が菊しわの一本一本を丁寧になぞり舐めていくのが、手に取るように伝わってくる。

「……ああ、母さん……僕のアナル、どんな味？……」

舌がいったん離れ、ささやきと共に湿った吐息が心地よく裏門をくすぐってくる。

「……うふぅん……オチ×ポの男らしい美味しさとは、また別だけれど……お肛門も魅力的なお味がして……とっても美味しくてたまらないわ」

しばしの間放置されていた勃起が再び握られ、そっと亀頭の包皮がめくられ、母手がシコ……シコ……シコ……としごきはじめる。

「お尻の穴を舐め舐めしている間、オチ×ポさんをほうっておいたらかわいそうだから、同時にこの子は、お手てで可愛がってあげますからね……」

なんと母性的な、優しい気づかいだろう。アナル舐め手コキへの期待に、涼介は屹立をヒクリ、ヒクリ……と弾ませた。

「……ああん、オチ×ポが跳ねるのに合わせて、アナルさんが息をするようにほんのり、お口を開いたり、閉じたりしてる……」

そして実母がおだやかな口調のまま、とんでもないことを口走る。

「……きっと入り口だけじゃもの足りないのね……いいわ、母さんがお尻の中まで舌を刺しこんで、ディープキスしてあげるわね……」

「……そんな……いくらなんでもそれは、やり過ぎだよ……」

「いやぁん……さみしいことを言わないで……実の母子の間でやり過ぎなことなんて、何一つないのよ……母さんがどれだけ涼ちゃんを愛しているか、証明させてほしいの……」

手淫を継続しながら文恵のプルプルの唇が肛門にムチュウッ……と密着してきて、ややあって、温かな軟体がニュルリ……と我が子の肛内に潜りこんできた。

「……うはぁぁ……す、すごい……母さんの清潔な舌が、僕の中に入ってきちゃう……」

ニュルリ……ニュルリ……ニュルリ……。

尖らせた先端のみならず、奥へ奥へゆっくりと、母が伸ばした舌じゅうのすべてをインサートしてくるのを、涼介は新鮮な驚きと共に実感していく。

すべてといってもわずか数センチ程度なのだが、それでも彼はその感覚に、大きな衝撃を受けずにはいられなかった。

（……女性がチ×ポをオマ×コに入れられるのって、こんな気分なのかな?……）

だが初体験だというのに、母のたおやかな挿入に痛みや不快感は少しもなく、ただ淫猥な喜びだけが高まっていくばかりだった。

ニョロリ……ニョロリ……ニョロリ……と内部で小蛇がのたくるように母舌がうごめき、同じテンポで肉棒がクチュリ……クチュリ……と湿音を上げて擦られていく。

亀頭への直接的な刺激だけでなく、実母にアナル・ディープキスをされているという事実に興奮し、カウパー液があふれ出てきて止まらないのだった。

ニョロリ……ニョロリ……ニョロリ……クチュリ……クチュリ……。

「……んはぁぁ……アナルの中をほじくられながらだと、チ×ポまでいつもより敏感になっちゃって……コキコキされてるだけで、セックスと同じくらい気持ちがたかぶっちゃうよ……」

本日最初の放出への欲求が、グングンと上昇していく。

「……母さぁん……もう、出ちゃいそうだよぉ……」

甘えるようにつぶやくと、手しごきの速度がゆるやかになり、温かな母ナメクジがニュル……ニュル……ニュル……と肛道を後退し、ニュポッ……と引き抜かれた。

たった今まで息子の排泄器官にむしゃぶりついていたとは信じられぬ、清楚で上品な美貌が柔和に微笑む。

「……涼ちゃんのお肛門、ほんとに美味しかった……アナルキスも、クセになってしまいそうだわ……でも今はわたしの一番の好物……涼ちゃんの大切なオチ×ポミルクを、母さんにゴックンさせてね」

裸エプロンからあふれた二つの巨乳を揺らせつつ、あらためて前屈みになると実母が、ギンギンに反りかえったペニスに顔を寄せ、カリ首をあむりと唇に含む。

それからおだやかな表情のまま、また昨夜のようにゆるゆると長く太い肉幹を、

「……んむ……んむ……んむ……」

と美貌の奥へとディープスロートしていく。

（……ちょっともつらそうじゃなく、逆に嬉しそうに僕のチ×ポをどんどん飲みこんでいって……まるでマジックを見てるみたいだ……）

「……んん、んふぅん……」

肉竿がつけ根まで完全に隠されてしまうのとシンクロして、亀頭が膣肉のような喉粘膜に、ネッチョリと抱擁される。

「……はぁぁ……母さんの喉、やっぱりオマ×コに負けないくらい、最高の感触だよ……」

我が子からの褒め言葉に反応し、実母は乱暴にピストンしたりせず、キュッ

……キュッ……キュッ……と喉を締めたり緩めたりして、まさに乳をしぼるように、ザーメンミルクを求めてきた。

「……くぅぅぅ……喉じゅうがチ×ポにヌチュヌチュ吸いついてきて、気持ちいい……アナル舐めもディープスロートも、母さんだからこそ、ここまでのことができるんだね……」

しみじみと実母の大いなる愛情に包まれつつ、遂に快楽のメーターが限界に達していく。

「……大好きだ……愛してるよ、母さん……くはぁぁぁっ……い、いっくぅぅぅうっ……！」

ブピュ、ブピュ、ブピュ……ブピュピュピュピュピュピュピュッ……！

大量の精液が勢いよく噴出されているというのに、文恵はうっとりとした美貌をくずさず、微動だにせぬまま、喉奥からそのまま体内へと、粘液を受け入れていった。

搾乳するように喉粘膜を収縮させ続け、最後の一滴までを嚥下しきると、

「……んむ……んむ……んむ……」

と美唇からズルズルと肉竿を吐き出していき、男性器の全貌がまた露わになる。

美母のとろりとした喉汁にテラテラと濡れ光るペニスは、相変わらず絶好調に充血したままだった。

2

「……ふぅぅ……ごちそう様、涼ちゃん……舌の上で味わえなかったのが残念だけれど、ドロドロした喉越しが心地よくて……これからは朝一番のゴックンを、わたし達母子の毎日の習慣にしたいくらいだわ……」

「母さんが望むのなら朝だけじゃなく、一日じゅう何度でも飲ませてあげるよ……」

「……あふぅん……ありがとう、涼ちゃん……とっても母孝行な、いい子さんね。あなたを産んで……こうなって……母さん、本当に幸せだわ」

仰臥から身を起こした我が子を裸エプロンの文恵が抱きしめようと寄りそうと、彼が何ともいえない表情で、もじもじと身をくねらせた。

「……どうしたの？」

「……いきなりこんな展開になっちゃったから、全然意識してなかったけど……

考えてみれば、目が覚めてからまだ、トイレにいってないし……」

ガチガチに張りきった自らの持ちものを、涼介が困ったように見下ろす。

「……射精してすっきりしたら急に……オシッコがしたくなってきちゃった……ついさっきまでは平気だったのに……もう、漏れそう……」

「……まあ……男の人はお勃起したままでも、きちんと用を足せるの？……」

我が子の指先が屹立をつつき、ため息をつく。

「……勃ったままだとうまくできなくて、きっとトイレを汚しちゃうよ……でも萎ませたくても、チ×ポが全然いうことを聞いてくれないんだ……」

女性が愛液の分泌を自らの意志でコントロールできないように、男性のペニスも自在に伸び縮みさせられるような、そんな都合のいいものではないのだろう。

「……どうしよう、母さん……もう、ガマンできそうにないよ……」

戸惑うばかりの涼介を落ちつかせようと、文恵は平常心のまま、温かく微笑んでやる。

何しろこちらは、かつて息子の下のお世話を数年間に渡ってやり続けてあげていた、実の母親なのだから。

「慌てなくても大丈夫よ、涼ちゃん……母さんがしっかり面倒をみてあげますから、安心して」

美母は全裸の我が子の手を取って、トイレではなく隣接するバスルームに連れていくと、タイルの上で涼介と向かい合った。

「……ここでしろってこと？……お風呂場でオシッコなんて、母さん怒らないの？……」

「緊急事態なんだから、今だけ特別だけれど……すぐに洗い流してきれいにしてしまえば、何の問題もないでしょ」

とシャワーヘッドを手に取り、コックをひねる。

すると放たれたお湯がエプロンをいくらか濡らしてしまい、美貌が苦笑を浮かべた。

「……いやぁん……ビショビショだわ……涼ちゃんは裸エプロンがお気に入りのようだけど、母さんも脱いでしまうわね」

出しっぱなしのヘッドを床に置き、湿った薄衣をスルリと落として、実母も生まれたままの姿になっていく。

「……僕が一番好きなのはコスプレなんかじゃなく、母さんのオールヌードだから……ますますチ×ポが硬くなって、オシッコがしにくくなっちゃうよ……どこに、どうやってすればいいの？……」

愛しい息子が困った顔をすればするほどに、母性本能に火がつき、どこまでも彼に優しくかまってあげずには、いられなくなる。

赤の他人の未亡人とは違い、つまらない常識を乗りこえて、我が子にだけはすべてを捧げられるのが実母というものだということを、証明せずにはおれなくなる。

文恵は涼介の前に全裸でひざまずくと、反りかえった肉竿を手に取って先端をそっと、自らに向けた。

「……うふぅん、涼ちゃん……こんな機会も滅多にないでしょうから……オシッコを、母さんの体にかけて……涼ちゃんのすべてをもっと親密に感じたいから、そうしてほしいの……」

「……そんな、汚いよ……」

「……うふふ、すぐに洗い流せば大丈夫って言ったでしょ……それに大切なあなたの体から出るものは何もかも、母さんにとっては少しも汚いものなんかじゃないわ……お願い、清らかなオシッコを母さんにくださいな……」

ボディをくねらせ、巨乳をプルプルと波打たせておねだりすると、肉茎が興奮を増したようにヒクヒクと弾んだ。

「……うん……こんなことでも喜んでもらえるのなら……母さんの体じゅうを全部、僕の小便で温めてあげるね……」

涼介の手がペニスをつかんでおじぎさせるように角度を変え、狙いを定めてくる。

「……するよ、母さん」

うなずくのと同時に、よほど耐えていたのだろう、蛇口をひねったかのようにすぐに、透明な液体が一本線を描いて勢いよく噴出され、二つの巨乳を濡らしてきた。

ジョボ、ジョボ、ジョボ……ジョボジョボジョボッ……。

「……ああん、ここをターゲットにするなんて、涼ちゃんは本当に母さんのオッパイが好きなのね……あふぅん……ほんのり温かくて、とっても心地いい……もっともっと、いっぱいオシッコをかけて……」

降り注いでくる小水が流れ落ちてしまうのがもったいなく、美母は我が手でそれを軟乳にニュルニュルと擦りつけ、塗りこんでいく。

ジョボジョボ、ジョボジョボジョボッ……。

健康な男の子のそれはザーメン同様に量もたっぷりで、小窓から差しこむ陽光にキラキラと輝きながら、いつ果てるともなく美熟女の肉体を潤し続ける。

（……こうして眺めているととってもきれいで、少しも不潔だなんて思えない……やっぱり母子だからかしら……お口をつけて、ゴックンしてあげたくなっちゃうくらいだわ……）

だがさすがにそれはやり過ぎだ、とひとまず今日のところは自制する。

（……けれどいずれ涼ちゃんが望むことがあれば、母さんは心から喜んで、そうしてあげますからね……）

……ジョロジョロ……チョロチョロ……チョロ……チョロ……。

双乳だけでなく腹部や股間や太ももまでも、美母のボディの前面をたっぷりと濡らした長い放尿がようやく、終わりを告げた。

熟しきった母体は我が子の小水で、オイルにコーティングされたようにテラテラと妖しく照り輝いていた。

「……はぁぁ……母さんが優しく受けとめてくれるのが嬉しくて、こんなに気持ち良くオシッコできたの、生まれてはじめてだよ……射精してるのと変わらないくらい、チ×ポがたかぶっちゃった……」

膀胱が空になったとて、少しも影響を受けることなくそそり立ったままの肉棒を母の指先がつまんで数度振り、尿道口に浮かんだしずくを優しくきってあげながら、文恵もうっとりと美貌をほころばせる。

実の母子にとってはこんなインモラルなプレイでさえも、いや、こんな遊戯こそが、お互いの「純愛」を確かめ合う神聖な儀式に他ならないのだった。

温水を出しっぱなしにしていたシャワーヘッドを手に取って、美母は立ち上がり、むしろ清めてしまうのを少し名残惜しく感じつつ、我が子の小水にまみれた裸身を洗い流していくと、涼介がギュッとすがりついてくる。

潤った巨乳が彼の胸板にムニュリと押しつぶされ、下腹部に勃起がグリグリと擦りつけられてきた。

「……オシッコやお湯に濡れて、ヌラヌラしてる母さんの裸……見てるだけでめちゃくちゃエロくて……今すぐ母さんとやりたくて、たまらないよ……」

「……今すぐ？……このまま、お風呂場で？……」

切迫した表情で、息子がうなずく。

「うん……部屋に戻るまでなんて、待てない……もう、ガマンできないよ」

ここがどこだろうと、拒む理由など何もなかった。真剣に求められることがただただ、嬉しかった。

「うふぅん……いいわよ、涼ちゃん。ベッドの上以外でするなんて、母さんも生まれてはじめてだけれど……母子で仲よく、朝のオマ×コをしましょうね」

「昨日は正常位やバックで愛し合ったけど、まだ試してない体位にチャレンジしたいな」

「……どんなポーズ？」

湯水に温められたタイルの床に涼介があお向けに寝ころびながら、見上げてくる。

「騎乗位、っていうのかな……母さんに、上になってほしい」

これまで夫とはほとんど、自分が下になる体勢でしかまぐわったことがなかったので、場所だけでなくそれも、四十二歳の文恵にとっての初挑戦だった。

戸惑いよりも、我が子と共に新鮮な経験が味わえるのだという喜びと、淫らな好奇心が胸の内に満ち満ちていく。

天井に向けてそそり立つ若棒をヒクヒクさせながら、息子がリクエストする。

「僕はジッと、おとなしくいい子にしてるから……母さんが全部リードして、オマ×コでチ×ポを気持ち良くして」

「……うふふ、何もかも母さん任せなんて、涼ちゃんはほんとに甘えんぼさんね……けれどわたしにだけは、いくらでも甘えていいのよ……上手にできるかどうかわからないけれど、母さんやってみるわね」

シャワーを止め、濡れ光る全裸で巨乳をプルプル揺らしながら涼介の体にまたがり、ゆっくりと開脚しながらヒップを下ろしていく。

「……ああ……綺麗なピンク色のオマ×コが、丸見えだよ……もうトロトロになってるけどそれって、お湯じゃなく……マン汁だよね？……」

和式トイレにまたがるようなはしたないスタイルでしゃがみこみ、我が子のペニスに片手を添えながら、照れくさく微笑む。

「……あふぅん、そうよ……母さん、涼ちゃんにオシッコを掛けられている時からムラムラしてしまって……もうとっくに、オマ×コがグチョグチョだったの……ほら」

亀頭を女陰に擦りつけると、クチュクチュ……クチュクチュ……と湿った卑猥な音がバスルームに響いていく。

「……息子の小便で興奮しちゃうなんて、母さんって優しいだけじゃなく……めちゃくちゃスケベな、変態だったんだね……僕、そんな母さんが大好きだよ……」

「……んふぅん、嬉しい……涼ちゃんのためならわたし、もっともっと淫らで、変態な母さんになりきってみせるわね……」

切っ先を膣口にあてがい、ゆるやかに腰を落としていく。

ニュルリ……ニュル……ニュル……ニュル……。

まずはカリ首、それから肉棒が徐々に、体内に挿入されてくる。

「……はぁぁぁ……」

根もとまでズッポリと合体が完了すると、すぐには動かず、母子は同時にしみじみと息をついた。

「……何度オチ×ポを入れても、こうするたびに涼ちゃんが母さんの中に帰ってきてくれた気がして……心がほっこりして、涙がこぼれそうになってしまうわ……」

「……僕も、同じ気分だよ……母さんが動いて、チ×ポをズボズボしてみて……」

うなずき、可愛い我が子に体重を掛け過ぎないように気づかいつつ、スローテンポでスクワットをするように、ヒップを上下させはじめる。

ニュプ……ニュプ……ニュプ……ニュプ……。

「……くふぅん……気持ちいい……このポーズだとオチ×ポがより奥まで突き刺さってきて……先っちょが子宮の入り口にグリグリ当たって……すごく感じちゃ

うわ……」

相変わらず何もせず、ただ横たわったままの涼介もこちらを見上げ、童顔をうっとりさせる。

「……母さんが動くごとに、シャワーにキラキラ濡れたオッパイも生きものみたいにブルルン、ブルルンって揺れて……とってもセクシーな眺めだよ」

アップダウンだけではなく、時おりヒップを左右にくねらせてグラインドさせつつ、息子にささやく。

「……うふぅん……母さんの大き過ぎるいやらしいオッパイが、涼ちゃんとお遊びしたいって、おねだりしているの……お願い、涼ちゃん……お手てで揉み揉みしてあげて……」

望むところだとばかりに下から両腕が伸びてきて、手のひらが双乳を包みこみ、乳房をムニュリ、ムニュリと揉みしだき、とうに充血していた乳首をクニュクニュとつまんでくる。

単なる愛撫としての乳いじりとは異なり、交わりながらだと性感が何倍も敏感になっていて、実母は女体を上下させつつグングンと高まっていく。

グッチュ……グッチュ……グッチュ……グッチュ……。

「……ねえ母さん……いく時はやっぱり、オマ×コの外に出さなきゃダメ……だよね？」

巨乳をもてあそびつつ、我が子が恐る恐るという声音で、確認してきた。

「……もちろんよ。その方が安心でしょ」

残念そうな涼介の顔を見やり、ふと、ある疑念がわき上がってきて、今さら口に出したくはない女性の名前を言葉にする。

「……綾香さんには、中に出していたの？……」

ためらいがちに、息子が首肯する。

（……未亡人さんには子供がいないし……きっとあの人は、妊娠しにくいタイプなのね……けれどわたしは別に、そうじゃない……）

涼介が生まれた後、夫と体を重ねることがほとんど無くなってしまったので、二人目をつくることはなかったが、文恵はけっして未亡人のような体質ではなかった。

「……涼ちゃんは、母さんのオマ×コの中におザーメンをドピュドピュしたいの？……」

「……どうしてもってわけじゃないけど……いく瞬間の、最高に幸せな時に母さんの中にいられないのが、すごくさみしくて……」

ニュッチュ……ニュッチュ……ニュッチュ……ニュッチュ……。

ピストンを止めぬまま、隣家の美熟女へのライバル心があらためて頭をもたげてくる。

（……最愛の我が子に「さみしい」って言わせてしまうなんて、母親失格だわ……わたしが中出しを拒み続けていたら、それをきっかけにこの子のハートがぐらついて……また未亡人さんに、奪われてしまうかも知れない……）

何をおいてもそれだけはもう、絶対に避けたかった。

（……もうわたし達はここまできて、後悔するどころか……人生で今が一番充実しているんですもの……母さんとして涼ちゃんにしてあげられないことなんて、絶対に何一つあっちゃいけないはずだわ……）

溺愛するあまり、母性愛が深くて強すぎるゆえに、彼女は既に冷静な判断力を失ってしまったのかも知れなかった。

文恵は、意を決した。

「……涼ちゃんがそうしたいのなら、母さん、拒むことなんてできないわ……母さんのオマ×コの中に、涼ちゃんの熱々のお精子をたっぷりと注ぎこんで……」

童顔が、感激に明るく輝く。

「……ありがとう……母さんならそう言ってくれるって、信じてた……愛してるよ、母さん……」

「……わたしも愛してるわ、涼ちゃん……」

ブッチュ……ブッチュ……ブッチュ……ブッチュ……。

これまで微動だにしなかった涼介の腰が喜びを表現するように、下から勃起で女性器を突き上げはじめた。

文恵だけでなく双方が動き出すことで、膣粘膜への刺激が一気に強まっていく。

「……いひぃん……下からそんなにズボズボされると……母さん、すごく感じてしまって……おかしくなっちゃいそうだわ……」

グッチュ……グッチュ……グッチュ……グッチュ……。

十代のみずみずしい瞬発力で、息子の腰づかいがガンガン加速していく。

「……んはぁぁ……突き刺せば突き刺すほど、母さんのオマ×コがますますネッチョリチ×ポにからみついてきて……気持ち良すぎるよぉ……」

ピストンに合わせて巨乳をたっぷん、たっぷんと上下に弾ませながら、美母も唇のはしからよだれの糸をたらし、切なくあえぎ続ける。

「……あふぅん……元気なオチ×ポが愛しくて、愛しくて……オマ×コが勝手にそうなってしまうの……んくぅん……母さんもう、限界だわ……」

いったん許してしまえば、実の我が子に膣内射精されることへの妖しい期待に、実母の欲情は急激にたかぶってしまい、もう抑えようもなかった。

「……んああ……僕ももう、これ以上は無理……母さん、いくよ……オマ×コの中に、出すからね……」

慎重に、再度の了承を求めてくる涼介に、応えてやる。

「……あひぃん……ちょうだい、涼ちゃん……母さんのグチュグチュマ×コの奥まで、涼ちゃんの素敵なおザーメンを思いっきり、ぶちまけて……」

ブッチュ……ブッチュ……ブッチュ……ブッチュ……。

おだやかな陽光に照らされた昼前のバスルームに、騎乗位で一体化した母と息子の歓喜の叫びが、響き渡っていく。

「……あああっ……母さん、で、出るぅぅぅっ……！」

「いひぃぃぃぃんっ……涼ちゃん……母さんも、い、いっちゃううぅっ……！」

ドッピュ……ドッピュ……ドッピュ……ドピュピュピュピュピュピュッ……！

膣内に放出されてくる精液は、口内で受けとめた時よりもずっと高温で、マグマのように熱々に感じられた。

(……ぐひぃん……しかも、おザーメンの噴水が子宮に当たるたびに……何度も、何度も達してしまって……エクスタシーが止まってくれないわ……んふぅん……母子でする中出しオマ×コって、こんなに素敵なものだったのね……)

「……大好きだよ、母さん……僕の心も……チ×ポも……これからはずっと、母さんだけのものだよ……だって僕は、母さんから生まれたんだから……」

「……愛してるわ、涼ちゃん……わたしのオッパイも……オマ×コも……永遠にあなただけのものだって約束するわ……もっと……もっと……熱々のお精子をオマ×コにちょうだい……」

延々と断続的に終わらない、我が子の生放出に絶頂を繰り返しつつ、美しい実母は息子とこうなれたことの至福を、しみじみといつまでも噛みしめ続けるのだった。

第五章　愛の証しに捧げられたアナル処女

1

「……ようやく、また二人きりになれたわね。涼介さん」

三十七歳の、絶世の美貌が笑みを浮かべる。

実母との夢のような近親相姦が実現してから一週間後の、午後二時過ぎ。

自宅から数駅先にある、大きな繁華街の高層ホテルのスイートルームに呼び出され、涼介は母に内緒で単身、隣家の未亡人に会いに来ていた。

美母と約束したとおり、もう二度と彼女と接触するつもりはなかったのだが、どうしても拒むことができなかったのだ。

「……あれから家に来てくれることも、それどころか連絡さえも途絶えてしまったということは、きっとわたしが一番恐れていた事態……お母様と遂に、結ばれてしまったのね……あなたは違うと否定するかも知れないけど、わたしにはわかります……女の勘をあざむくことなんて、できはしません……」

綾香から届いた長文のメールには、母とああなってから一瞬も顔を合わせていないというのに、ズバリそう書かれており、涼介はその直感に驚くばかりだった。

「……けれどまだ今なら、これまでどおりの健全な道に引き返せるはずです。お願いですから、どうかわたしのもとに戻ってきてください。お母様には内密に、もう一度わたしと会ってほしいんです……」

当然そう望まれても、涼介は密会に応じるつもりなどさらさらなかった。最愛の実母を、裏切ることになるのだから。

だが未亡人からのメールには、恐るべき文言が添えられていた。

「……もしも今後もわたしを無視するなら、こんなことだけはしたくないけれど……あなた達母子が淫らな関係に耽っているという噂を、様々な方法を使ってご近所の方々に広めていこうと考えています。これは脅しなんかじゃありません。涼介さんとお母様を確実に引き離すためには、もうそれしか方法がないからです……」

仮にそんな情報が近隣に知れ渡ったら、自分たち母子は、どうなってしまうのだろう。

実母との幸福な蜜月が壊されてしまうだけではなく、ごく普通の平穏な暮らしさえ、もう地元では送っていけなくなるのは確実だった。

隣人からの強烈な一撃に、まだ未熟な十代の若者は、なす術もなくうろたえるばかりだった。

それで級友たちと遊びに行くと母に嘘をつき、こうしてひとまずは綾香に従うことにしたのだった。

広々としたホテルの室内で対面した彼女は、今日も未亡人らしく黒のブラウスとスカートを上品にまとっていて、やはり文恵を凌駕するくらい、圧倒的に美しかった。

親切に相談に乗ってくれ、心身を捧げて救ってくれようとしたのに、こちらから一方的に突然、彼女を突きはなしてしまったのだ。

どんな罵詈雑言を浴びせられても仕方がないと、かたわらのソファに座ることもなく、身を固くして立ちつくすばかりの涼介に、意外なことに綾香はおだやかな笑みを浮かべてくれた。

「……来てくれて、嬉しいわ……涼介さんに会いたくて、会いたくて……とってもつらかった……」

母とは五歳しか変わらないのに、いまだに若々しくしなやかな美ボディが、ギュッと抱きしめてくる。

突き飛ばすわけにもいかず、しかしこちらからはけっして抱き返したりせず、若者はただジッと受けとめるしかなかった。

それでもかつては、実母以外で唯一、本気で恋をした女性である。

(……綾香さんがどんなことを持ちかけてきても、何が何でも母さんとは別れない……絶対に綾香さんとはもう元に戻れないって、はっきり伝えなきゃ……)

そう意を決してここを訪れたはずなのに、美熟女の体温や香しいフレグランスを感じてしまうと、まだ大人になりきれていない脆弱な心が、いともたやすくぐらつきはじめてしまう。

(……僕と母さんと、それに綾香さんも……三人みんなが幸せになれる方法があればいいのに……僕にはどうすればいいのか、全然わからない……)

未亡人らしい愁いをたたえた完璧な美貌が、こちらを見つめてくる。

「……涼介さんを呼び出したのはせめてもう一度だけ、あなたを正気にかえすためのわたしからの淫らなセラピーを、受けてほしかったからなの……」

すべらかな手指がそっと、ズボンの股間を撫でまわしてくる。

するとペニスは、文恵の母性的な手つきともまた違った熟女からの愛撫に即座に反応し、秒速で膨張せずにはいられなかった。

いくら頭では母だけを愛そうと考えていても、そんなものより性器の方がずっと正直に、涼介の本心をあらわしていた。

美母への愛情が少しも揺るがぬとしても、自分は今も未亡人のことも、同じように心の底から愛しているのだ。

涼介は、そう自覚するしかなかった。

いずれか一方をきっぱりと選べないなど自分勝手にもほどがあるのだが、人間とは本来、そのように不完全なものでしかないのだろう。

ましてや彼は弱冠十代の、まだまだ未熟な若者なのだから。

「……淫らなセラピーって……何を、するの？……」

綾香の澄んだ瞳に、とろんと妖しい灯がともる。

「……お母様でもけっしてしてくれない、いやらし過ぎる、変態過ぎる、わたしにしかできない治療法で涼介さんを癒して……必ずあなたのハートを取り戻してみせるわ……」

実母にはできない、アブノーマル過ぎる癒し……。それがいかなるものか想像もつかぬまま、淫らな期待感がどんどんと高まっていく。

もともとは未亡人と話し合うためだけにここに来たつもりだったのに、催眠術にかけられたように涼介はもう、彼女からの誘いに抗うことができなくなっていた。

（……母さん、ごめんなさい……でも僕は綾香さんのことも、母さんに負けないくらい、大好きで、大好きでたまらないんだ……）

胸の内でそう唱えながら、彼は美熟女のなすがままにシャツを脱がされ、素肌を露わにしていった。

2

さすがスイートルームだけあって、自宅のそれよりもずっと広々としたバスルームの中、全裸の涼介は未亡人と向かい合ってバスチェアに腰かけていた。

まだすべてを晒さず、黒レースの下着を身につけたままの綾香の女体は、相変わらず海外のモデル並みにパーフェクトな均衡を保っていた。

シャワーのお湯でこちらの全身を温めてくれた美貌が、あらためて見つめてくる。

「……この一週間以上、ずっと涼介さんと会いたくて……さみしくて……夫を亡くした時と同じくらい苦しくて……わたしはもうリアルに身も心もあなたのものになってしまったんだって、つくづくわかって……」

そこまで彼のことを想ってくれていたのだと聞かされると、申しわけなさがこみ上げてくる。

「……こんなに歳の差があって、自分でも信じられないくらいだけれど……わたし、あなたに本気になってしまったの……あなたがいてくれないともうこれから、生きていけないの……」

シャワーヘッドをタイルに置き、美熟女がすがりついて口づけしてくる。

以前のような、こちらを優しくリードしてくれるおだやかなものではなく、離れていた間の飢えを埋め合わせるような、強烈なディープキスだった。

生きもののように美熟女の濡れた舌が思いきり口内に潜りこんできて、涼介の粘膜のあらゆるところを舐めまわし、抱きしめるがごとくこちらの舌にニュルニュルとからみついてくる。

実母との接吻を経験した後の、未亡人との再度のそれには、かつて以上に格別な味わいがあった。

花の種類によって、ハチミツの香りや甘みがそれぞれ違うように、綾香の芳醇な唾液は、文恵とはいくらか異なる独特の魅力をたたえていた。

ニュルニュル……ニュルニュル……レロレロ……レロレロ……。

むさぼるようなキスを続けつつ美女のしなやかな五本指が、湯水に潤った肉棒に添えられ、やわやわと這いまわってきて、亀頭を覆う仮性の包皮を、優しくむいてくれる。

応えるように涼介も、恐らく彼女自身がデザインしたのだろうハイブランドのブラに包まれた巨乳を、ムニュリ、ムニュリと揉みしだいてやる。

実母ほど熟しきった柔らかさと温かみには欠けるが、はつらつと張りきった弾力に満ちた乳房には、やはり文恵からは得られない、未亡人ゆえのエロティシズムが匂いたっていた。

チュバァァァッ……と粘着音を響かせて接吻を解くと、お互いの唇の間にツーッと透明な唾液の糸が引いて、途切れていく。

「……うふぅん、涼介さんに揉み揉みされるのが嬉しくて、乳首がピンピンに硬くなってしまって……ブラをつけたままだと擦れて痛いから、脱ぐわね……」

美熟女が背中に両手をまわしてホックを外すと、ハラリと下着が落ちるのと共に、美麗さをキープしたGカップ乳がプルリン、と姿をあらわす。

経産婦の母とは異なる、ツンと上向きで薄桃色で粒も小さめの、初々しさを残した乳頭は彼女の言うとおり、充血して尖りきっていた。

指先でそれをクニュクニュとつまむと、未亡人が悩ましく息をつめる。

「……あふぅん……好きなようにお触りして……わたしのお胸は今も、これからも、涼介さんだけのものなんですから……」

「……綾香さんにしかできない、変態過ぎるセラピーって……どんなふうに、僕を癒してくれるの?……」

問うてみたがすぐには答えてくれず、美貌がほんのりと朱に染まっていく。

それだけで彼女の提案が生半可なものではない、よほどの覚悟の上でのことなのだろうと、涼介には理解できた。

反りかえった肉竿をいじくっていた手指がすべり降りていき、ぶら下がった玉袋のさらに奥に潜りこみ、ひそんでいた肛門にやんわりと触れてきた。

予想外のことに、ビクリと飛び上がりそうになってしまう。

「……涼介さんはわたしのここを……可愛らしいって褒めてくれて、それどころかキスまでしてくれたでしょ……だから離ればなれの間にずっと、もっとあなたに何をしてあげられるかって、考え続けていて……」

再び美女が言葉を濁し、ややあってから意を決したように、ささやいた。

「……わたしのここ……お、お尻の穴で……涼介さんのオチ×ポを愛させてほしいって、思い至ったの……」

絶世の美熟女からすすんでそんなことを提案され、涼介は驚愕のあまり、頭がクラクラしてしまうのをおさえられなかった。

「……それって……アナルセックスをさせてくれるって、こと？……」

うっすらと紅潮したままの美貌が、静かにうなずく。

たしかにそれは、強すぎる母性で何でも受け入れてくれる実母でさえも許してくれそうにない、あまりにも過激で、なおかつ妖しい魅力に満ちたセラピー法だった。

（……そこまで覚悟を決めて、僕に尽くそうとしてくれるなんて……綾香さんは母さんと変わらないくらい、僕のことを親身になって、愛してくれてるんだ……）

アブノーマルな誘惑に屹立をヒクヒクと弾ませながら、母性愛に勝るとも劣らない未亡人の深い愛情に、涼介は心を震わせずにはいられなかった。

すっと立ち上がって綾香が黒レースのショーツを脱ぎ下ろし、やはりブラックのガーターベルトとストッキングのみをまとった、全裸よりもおしゃれで艶やかな姿をさらしていく。

「……綾香さんは今までに、そういう経験はしてきたんですか？……」

今一度タイルの上に座り直し、美女が答える。

「……もちろん今日が、はじめてよ……お尻でなんて、夫ともしたことがなかったわ……けれど涼介さんにだけは、アナル処女を捧げられる……それくらい今のわたしは、あなたに本気なの」

自分だけでなく、未亡人も「後ろ」の初心者であると聞かされ、不安が募ってくる。

「……お互いはじめてなのに、うまくできるのかな？……無理矢理チ×ポを突っこんじゃって、綾香さんの体を傷つけるようなことだけは、したくないし……」

美貌が、おだやかに微笑む。

「……気づかってくれて、とっても嬉しいわ……でも、大丈夫なはずよ……会えない間に、少しでもあなたに喜んでもらえるように……涼介さんのことを想いながら自分なりに、トレーニングを重ねていたから……」

（……トレーニングって、どういうことだろう？……）

両手を床につき、丸々と実った巨乳をブラリン、とぶら下げながら未亡人が四つんばいになり、クルリと女体を回転させてこちらに生ヒップを突き上げてくる。

そうされるとやはり最初に目に飛びこんでくるのは、どうしても股間の中心に咲き誇っている、なまめかしい女性器の方だった。

実母のそれよりもビラビラが控えめな肉厚の小陰唇は、シャワーの温水かそれとも彼女自身の愛液かによって、ヌラヌラと鮭肉色に濡れ光っていた。

だが今はそこよりも裏門の方へ、視線を移動させる。

以前にキスした時同様、綾香の肛門は可憐な小花のようにひそやかにすぼまっていて、ここに勃起ペニスをインサートできるとは、到底信じられなかった。

「……ていうかやっぱりアナルでなんて、マジでリアルにできるものなのかな？……何が何でも僕に心変わりをさせたくて、無理をしてるのなら……そこまでのことは、綾香さんにさせられないよ……」

こちらを安心させるように美ボディがくねり、はりきった巨尻がプリン、プルルン……と弾んだ。

「……うふぅん……トレーニングをしてきたって、言ったでしょ……わたしは涼介さんを誰よりも……お母様に負けないくらい愛しているから……できないことなんて、何もないのよ……さあ、よぉく見ていて……」

うつ伏せのメス犬ポーズのまま、美女がゆっくりと深呼吸をはじめ、くり返していく。

スゥゥゥ……フゥゥゥ……スゥゥゥ……フゥゥゥ……。

息を整えながらリラックスし、下腹部から力を抜いていっているのだろう。

ややあってから目前に起こった現象に、涼介は驚きを禁じえなかった。

ゆるやかな呼吸に合わせ、つぼみのようにしっかりとすぼまった菊門がやんわりとくつろいでいき、徐々に、徐々に、形の良いアナルがまさに花のように咲きはじめ、遂には小指の直径ほどにまで、ポッカリと開花したのだから。

その空洞の奥には、清潔なピンク色の内臓粘膜さえもが、ほんのりと覗き見えていた。

「……すごい……お尻の中まで見えちゃうなんて、嘘みたいだ……」

「……あふぅん……あなたと会う前に、きちんと奥までボディソープでお清めしておいたから、安心して……」

「……どんな練習をすれば、こんなことができるようになるの？……」

ずっと開きっぱなしにしていることは、まだ難しいのだろう。息を吸い、吐くごとに肛門のおちょぼ口をヒクリ……ヒクリ……と開けたり閉じたりしつつ、美女が照れくさげに、つぶやく。

「……お指や、大人のオモチャを……オイルやローションでヌルヌルにして……少しずつ、少しずつお尻をほぐしていって……ここまでできるようになったの」

その気にさえなれば、不可能なことなど何もないのだ。涼介は女体の神秘に、感動にも似た畏怖を覚えるばかりだった。

「……僕の指を、入れてみてもいい？」

「……んふぅん……もちろんよ。オッパイや、オマ×コのように……わたしのアナルは、涼介さんだけのものなんですから……」

四つんばいのまま、未亡人が自ら持ちこみ、かたわらに置いていた耐水性のポーチに触れる。

「……あらかじめローションを持って来ていたけど、これを使う必要もなさそうだわ……涼介さんにアナルを見つめられているだけで、たかぶってしまって……もうオマ×コが濡れ濡れなの……」

つまり愛液を、潤滑油代わりに使えということなのだろう。

人さし指を根もとまで膣穴に刺しこみ、ズボズボとかき回して、トロトロのラブジュースを指全体にからみつけていく。

「……くはぁん……気持ちいい……一週間ぶりに、涼介さんがわたしの中に入ってきてくれてる……ずっとずっと、戻ってきてほしかった……」

やんわり、しっとりと包みこんでくる実母のそれとは異なり、みずみずしい膣圧でグニュグニュと締めつけてくる未亡人の、まだ完全には熟しきっていない若々しさを感じつつ、ニュルリ……と手指を抜き取る。

それは粘液が糸を引いてしたたり落ちるほど、充分に潤っていた。

「……入れるよ、綾香さん……」

「……来て、涼介さん……」

彼女が独自に訓練を積んでいるとはいえ、こちらはまったくの初体験なのであくまでも慎重に、指先を整った菊じわの中心にあてがい、そっと押しこんでいく。

未亡人がまた深呼吸で、括約筋をゆるめてくれたおかげだろう。想像よりもかなりスムーズに一本指が、裏穴に吸いこまれていった。

ニュプ……ニュプ……ニュプ……。

「……ああ……中のお肉がムニュムニュうごめいて、指がどんどん飲みこまれて……つけ根までスッポリ、収まっちゃった……綾香さん、痛くない？……」

「……ええ……自分の指とは違うから、まだいくらか違和感はあるけど……痛くはないわ……涼介さんこそ、どうかしら？……はじめての、アナルの感触は」

挿入した瞬間から感じていたことを、言葉にする。

「……オマ×コと違って、入り口も、お尻の中も……ギュウギュウに締めつけてきて……僕の指の方が、ジンジンしびれちゃうくらいだ……」

ワンフィンガーだけでもこれほどタイトなのに、ペニスを出し入れすることなど、やはり危険なのではないか。

そんな涼介の不安を察するように、未亡人がつぶやく。

「……うふぅん……心配しないで。涼介さんが愛情を込めてアナルをいじくったり、ほじくったりしてくれれば、だんだん良い感じにほぐれていくから……」

ラブジュースでニュルニュルの人さし指を、ゆるやかに抜き差ししていく。

「……んくぅん……そう、お上手よ……ゆっくり、ゆっくり……さみしい未亡人のお尻を可愛がって……そうしながら、空いているお手てでグチュグチュのオマ×コも、もてあそんでほしいの……」

ニュプ……ニュプ……ニュプ……と肛内をピストンでほぐしながら、もう一方の手を女陰にあてがい、親指でクリトリスを撫で、二本指を湿った膣穴に突きこんでいく。

ジュップ……。

「……あふぅん……そうよ……同時に責められるとオマ×コの快感が後ろにも伝わって、アナルの感度も高まっていくみたいなの……」

ニュプ……ニュプ……ニュプ……。

ジュブ……ジュブ……ジュブ……。

ガーターと黒ストッキングのみの全裸で這いつくばり、つり下がった巨乳をプルリン、プルルンと揺らしながら、絶世の美熟女が二つの穴をえぐられ、うねうねと美ボディをくねらせていく。

「……んくぅん……お肛門をほじほじされていると思うだけで、淫らな気分になってしまって……オマ×コの方まで、いつも以上に心地よく感じてしまうわ……」

ニュプ……ニュプ……ニュプ……。

ジュプ……ジュプ……ジュプ……。

出し入れをくり返すうちにマッサージ効果のように、指を締めつける肛道の括約筋が、徐々に緊張をゆるめていく実感があった。

「……たしかに少しずつ、肛門のお肉がやわらいできてる……さっき、指だけじゃなく大人のオモチャも使ってたって言ってたけど、それって、どんなもの？」

また未亡人がしばし恥ずかしげにためらってから、声を漏らす。

「……ただ、涼介さんを癒せるいやらしい女になりきりたい一心で……生まれてはじめてアダルトサイトを調べて、通販で買ってみた物なの……お見せするから、いったんお指を抜いて……」

それに従い、前後の女穴から指をニュッポリ……と撤退させると、アナル口は先ほどよりもまた一まわり大きく開花していて、ピンクの内部粘膜をいっそうあからさまに、露わにしていた。

「……綾香さんの肛門、ポッカリひろがっちゃって……ヤバいくらいエロい眺めなのに、それでも……すごく綺麗だ……」

「……うふぅん……今でもそんなふうに、わたしのことを何から何まで……お尻の穴の中身までも、褒めてくれるのね……とっても嬉しいわ……」

淫らに咲いていた菊じわの花弁がおしとやかに閉じていき、また何ごともなかったように、初々しいつぼみに戻っていく。

そして美熟女が身を起こしてかたわらのポーチを手に取って開け、妖しい形状の物体を取り出す。

それは涼介のものよりもワンサイズ小さめではあったが、生々しい膨張時のペニスをかたどった、本来ならば女性器を慰めるための、シリコン製のいわゆるディルドだった。

「……上品で、清楚で、綺麗な綾香さんが……こんなものをアナルに突っこんで、トレーニングをしていたの？……」

美貌をより赤らめながら、隣家の未亡人がうなずく。

「……だって何が何でも、愛しいあなたにわたしのもとに、戻ってきてほしかったんだもの……そのためだったらわたしは、どんなに常識はずれな努力だっていとわないわ……」

自分が実母とのまぐわいに溺れていたこの数日、美熟女が一人、卑猥な玩具を用いて我が身を磨いていたと想像すると、献身的な彼女への感激と淫らな気分が、ない交ぜになって涼介の胸に満ちていく。

（……ここまで僕のために本気になってくれてる綾香さんと別れることなんて、やっぱり無理だよ……僕は今も、このひとが大好きだ……愛してる……だからっ

て、母さんへの想いも少しも変わらないし……僕は、どうすればいいんだろう）

美しい未亡人と実母から同時に溺愛されてしまうという、この世で涼介のみにしかあり得ない贅沢過ぎる悩みに、まだ未熟な十代のハートは、ますますぐらついていくばかりだった。

美熟女が彼に張り形を手渡し、あらためて四つんばいになって涼介に熟尻を差し出してくる。

「……わたしのエクササイズの成果をご披露しますから、お指の次はこれで……いやらしい未亡人のアナルを可愛がってあげて……」

アダルトグッズの現物を見るのもはじめての涼介は、ドキドキと胸を高鳴らせながらリアルな造形の玩具を握りしめ、静かにうなずいた。

3

（……まさか自分が、お尻の穴まで使って十代の男の子を誘惑することになるなんて、少し前までは考えられなかったことだけど……涼介さんに改心してもらうためには、ここまでやるしかないんだわ……わたしは、間違っていないはずよ）

最愛の若者を近親相姦という悪夢から救えるのならば、どこまででも堕ちてみせる。

未亡人は自らの選択に、一ミリも後悔はしていなかった。

是が非でも彼の実母に勝たねばと、変態プレイが大好きな卑猥な娼婦になりきったように、むき出しのヒップをプルルン、プルリンとくねらせ、おねだりしてみせる。

「……うふぅん、涼介さん……エッチなオモチャのオチ×ポで、わたしのスケベなアナルをオマ×コだと思って、ズボズボしてみて……」

「……指と同じように、これもラブジュースをローション代わりにした方がいいよね」

ブッチュリ……と体温のない疑似性器が膣穴にインサートされ、ブチュ……ブチュ……ブチュ……と抜き差しがはじまる。

「……あはぁん……気持ちいい……まだアナルプレイの準備をしているだけなのに、先にオマ×コだけで達してしまわないように、一生懸命こらえるわね……」

ヌチュ……ヌチュ……ヌチュ……ヌチュ……。

(……でも本物じゃないから温かみがないし……涼介さんの素敵なオチ×ポより

も少し小さいし……やっぱりディルドじゃちょっとさみしくて、もの足りなく感じてしまうわ……）

しばしのピストンの後、ニュップリ……と人造ペニスが膣口から抜き取られ、愛液でネチョネチョに潤った亀頭部分が、今度は菊口にあてがわれる。

「……僕のものよりは細めだけど、それでも指よりはずっと太いし、先っちょが張り出してるし……うまく、入れられるのかな?……」

いまだに不安を払拭できずにいるらしい若者に、うつ伏せのまま美貌を向け、微笑みかけてやる。

「……大丈夫よ。だってわたしは、涼介さんのことを心の底から愛しているんですもの……愛があればどんなことでもできるってことを、今から証明してみせますからね」

それから指入れの時と同様に深々と呼吸を整えながら、下腹部をリラックスさせていく。

すうぅぅ……ふうぅぅぅ……すうぅぅぅ……ふうぅぅぅ……。

フィンガープレイである程度ほぐされていたこともあり、さっきよりもスムーズに括約筋をコントロールできているという自覚が、未亡人にはあった。

「……ああ……アナルの花がムニュウッと開いていくところ、何度見てもすごくエロくて、興奮しちゃうよ……」

「……そっと少しずつ、入れてみて」

弾力のある丸い切っ先が肛穴の中心に密着し、ゆるゆると押しこまれてくる。

「……んんん……」

息をつめると、しばしの抵抗感の後、ブニュリ……とまずはカリ首部分が侵入してくる。

「……ふぅぅ……どお？　涼介さん……オモチャのオチ×ポでも、きちんと飲みこむことができたでしょ……」

「……うん……針の穴みたいに小っちゃかったアナルが、丸く大きくひろがって……綾香さんのお尻、すご過ぎるよ……このまま奥まで刺しこんでみても、いい？……」

「……んふぅん……もちろんよ。オチ×ポを全部、お尻の中にちょうだい……」

最も直径の太い亀頭部さえ受けとめられれば、もう問題はなかった。

ズブ……ズブ……ズブ……と愛液にまみれた竿部が順調に、体内に収まっていく。

それでもまだ慣れていない直腸の細道が、メリメリと拡張されていく感覚も否めず、赤らんだ美貌にうっすらと艶汗がにじんでくる。

「……棒のところがほとんど全部、綾香さんの中に入っちゃった……まるでアナルが、オマ×コになっちゃったみたいだ……」

エロティックに興奮しているというより、人体の神秘に素朴に感動しているように、涼介が声を漏らす。

「……あふぅん……そうよ。おパイズリの時にオッパイをオマ×コにしたみたいに、今のわたしのお肛門は涼介さんのためだけの、アナルマ×コなの……ゆっくり、ズボズボしてみて……」

ニュブ……ニュブ……ニュブ……と押しひろげられた肛道を、ディルドが前後に動きだす。

「……んぐぅぅん……」

「……綾香さん、どんな感じ?……」

「……涼介さんの手つきが優しいから、痛くも、つらくもないわ……そのまま続けて、オモチャのオチ×ポでアナルマ×コをもっとやわらげるように、ほじほじして……」

ニュブ……ニュブ……ニュブ……ニュブ……。

疑似ペニスのストロークがくり返されるうちに、バックスタイルで艶めかしくぶら下がった二つの巨乳が、プルルン、プルリン……と震えはじめる。

「……んはぁん……一人でトレーニングを積んでいた時は、慣れることだけで精いっぱいだったの……けれど、涼介さんに責めてもらっているからかしら……ジワジワとお尻の中が心地よく……気持ち良くなってきたわ……」

「……こんなものを飲みこめるだけでもすごいのに、ちゃんと感じちゃえるなんて……綾香さんのお尻の穴、マジでオマ×コになっちゃったんだね……」

「……あふぅん……アナルでよがってしまうなんて、本当に変態になってしまったみたいで恥ずかしいけれど……わたしはただ、あなたを愛してるってことをわかって欲しいだけなの……もっともっと、乱暴にほじくってもいいのよ……」

ニュブ……ニュブ……ニュブ……ニュブ……。

ピストンされればされるほどに、膣での快感に似てはいるが、それとも異なる甘美な未知の心地よさが、グングンと高まっていく。

「……わたし、涼介さんに特別なセラピーをしてあげたかっただけで……自分がよがりたいだなんて、考えてもいなかったのに……信じられないけれどこのままだと……感じすぎて、お尻で達してしまいそうだわ……」

そう告白すると若者が、嬉しそうに張り形ピストンのテンポをアップしてくる。

「……どれだけ特別な経験ができるとしても、僕だけが気持ち良くなるエッチなんて、綾香さんとはしたくないし……もっともっと思いっきり感じて、綾香さんがいっちゃうところを、僕に見せて」

ニュブ……ニュブ……ニュブ……ニュブ……。

肛門に突きこまれるごとに妖しい快楽がぞわぞわと全身を這いまわり、全裸の美熟女は巨乳と巨尻をブルルン、ブルリンと弾ませ、ボディを躍らせていく。

「……あひぃん……すごぉい……オマ×コと似ているけれど、それとも違う、不思議な感覚で……どんどんお尻が熱くなってしまって……」

ニュブ……ニュブ……ニュブ……ニュブ……。

「……ガマンしないで、いつでもいっちゃっていいんだからね……」

最愛の隣家の男の子からのささやきがスイッチになり、防波堤がもろくも決壊していく。

「……あん……あん……あはぁんっ……！」

三十七年の人生ではじめて味わう新鮮な快楽で頭の中が真っ白になってしまいながら、美しい未亡人は初心な生娘のように、切なくあえぎを上げずにはいられなかった。

「……いひぃん……涼介さん……わたし、お尻マ×コではじめて……いっちゃう……い、いっくぅぅぅぅっ！……」

体内で大きな花火が破裂するようなエクスタシーに、綾香はうつ伏せのまま牝馬が暴れるように女体をガックン、ガックンと痙攣させ、巨乳とヒップをちぎれんばかりにブルルン、ブルリンと何度も弾ませ続けた。

（……ああん……はじめての絶頂だからお尻の中のお肉が、パニックを起こしてしまったのかしら……何だか、変だわ……）

激しい悦楽に肛内の括約筋が、未亡人の意思とは無関係にグニュグニュとうごめき出し、彼女自身もそれを冷静にコントロールすることができなくなる。

「……んはぁん……涼介さぁん……アナルの中が勝手にブルブル震えてしまって……ディルドが押し出されて……お外に漏れてしまいそうだわ……」

「……え？……ど、どういうこと？……」

こちらが何を訴えているのかわからないのだろう、涼介が様子をうかがうように、出し入れしていた疑似ペニスから手を離した。

美肛にブッチュリと奥深くまで突き刺さったままの張り形が、淫らなしっぽのようにクネクネとうねりだす。

　黒ストッキングの全裸美熟女がメス犬ポーズを保ったまま、羞恥心に満ちた叫びを上げた。

「……いやぁん……ごめんなさい、涼介さん……こんな姿、見せたくないのに……お尻の穴からオモチャのオチ×ポが……出、出ちゃうぅぅぅっ……！」

　それから一瞬の静寂の後、バスルームにブリ……ブリ……ブリ……というあまりにもはしたない音を響かせつつ、未亡人はアナルからゆっくりと少しずつ、ディルドの肉竿を体外に排出していった。

「……ああ、綾香さん……チ×ポがちょっとずつ、ムリムリ、ムリムリって肛門の中から姿をあらわして……めちゃくちゃエロ過ぎる眺めだよ……そのまま、最後まで出して見せて……」

　不快感を覚えるどころか、喜びにあふれた声で彼がそう言ってくれているのが、せめてもの救いだった。

　止めたくとも自力ではどうすることもできない美熟女は覚悟を決め、後穴から卑猥な玩具を放つという、疑似排泄とも、あるいは疑似出産ともつかぬ公開羞恥プレイを、十代の若者に向けて披露し続けるしかなかった。

ブリ……ブリ……ブリ……と棒状の部分がほとんど押し出されたところで、わずかに間があって、それからブブ、ブリリッ！……とひと際大きな破裂音と共に最も太い亀頭部が飛び出て、ディルドがボトッとタイルに落下した。

「……はぁ……はぁ……はぁ……はぁ……」

まだ四つんばいのまま、熱くなった美貌をひんやりする床に押しつけ、荒い息を整えようとする綾香に、涼介がつぶやく。

「……チ×ポの太さにポッカリひろがったアナルが、ヒクヒクしながらゆっくり閉じていくよ……こんな姿まで見せてくれるなんて、綾香さんは本気で、何もかもを僕に捧げてくれてるんだね……」

エクスタシーと不可抗力の排泄ショーとで、すっかり力が抜けてしまった女体をやっとのことで起こし、張り形を手に取る。

少しの汚れもなく清潔なままで、あらかじめ肛内を洗浄するために用いていた、ボディソープの香りにほんのり包まれていることに内心安堵して、若者に美貌を向ける。

「……涼介さんを取り戻したい一心で、醜態をさらしてしまって……こんな変態未亡人でも、嫌いにならないでいてくれる？……」

童顔が、力強く縦に振られる。

「嫌いになるどころか……僕はやっぱり綾香さんが大好きだ……愛してる……母さんと、同じくらい……」

母さんと、同じくらい。

その言葉に美熟女は、何ともいえない複雑な気持ちになる。どれだけ努力を重ねても、結局彼の実母に勝つことは不可能なのだろうか……。

とはいえ、対等の位置に並ぶことはできたのだ。

（……まだ、逆転のチャンスはあるはずよ……けっしてあきらめちゃダメ……）

未亡人はわずかな希望を胸に灯らせながら涼介の裸身にすがりつき、濃厚なディープキスを仕掛けていくのだった。

4

（お尻を使うことで粗相があるといけないから、念のためにお風呂場を使ったけれど……後はもう、大丈夫よね）

はじめての肛門性交に備えての変態すぎる予行演習を終えた二人は、スイートルームに鎮座したクイーンサイズのベッドの上に向かい合って座り、互いを見つめていた。

涼介のペニスは隆々と勃起しきったままで、濡れてしまった黒ストッキングを脱いだ未亡人は、輝くばかりの完全な裸体をさらしていた。

「……さあ、涼介さん……これからが本番……リアルなアナルセックスで、わたしがどれほどあなたを愛しているかを、たしかめてほしいの」

若者をシーツの上に膝立ちにさせ、下腹部に美貌を近寄せていく。

「お尻にスムーズに入れやすいようにまずはわたしのお口で、オチ×ポさんをトロトロに潤させて……」

冷静に判断すればたった一週間程度ぶりだというのに、みずみずしく反りかえった若棒を至近距離で見つめると、会えずにいた間の飢餓感と愛しさが、強烈にこみ上げてくる。

（……本当に凜々しくて、素敵なオチ×ポ……これをわたしだけのものにできないなんて、苦しくて、悔しくてたまらないわ……）

幹のところに手指を添え、両ほほや、上品に形の整った鼻にスリスリと、亀頭を擦りつけていく。

「……ああ、綾香さん……もうカウパーが漏れちゃってるから、綺麗な顔がベトベトになっちゃうよ……」

「……うふぅん……それが嬉しいの……ヌルヌルのおつゆが、とっても心地よくて……このまま、おザーメンも顔じゅうにドピュドピュしてほしいくらいだわ……」

肉竿を美貌に這いまわせながら、もう一方の手でぶら下がった玉袋をやんわりと撫でてやることも、忘れない。

「……涼介さんのオチ×ポ、さっきのオモチャよりも一回りは立派なものだから……きちんとお尻で受けとめられるように、わたしのエッチな唾でグチョグチョにさせてね……」

美唇を大きく開いてカリ首をパクリとくわえ、チュパチュパ……チュパチュパ……としゃぶりついていく。

（……むふぅん……若い男の子の濃厚な匂いと、プリプリの亀頭さんの舌触り……おあずけの時間が長かった分、美味しくて、美味しくてたまらないわ……）

唾液で湿らせた唇でエラを締めつけ、ニュル……ニュル……ニュル……と美貌を動かし、刺激していく。

（……こんな最高のオチ×ポが、実のお母様のものになってしまうなんて……そんなの絶対に間違ってる……オチ×ポも、涼介さんのハートも、わたしだけのものになるはずだったのに……）

隣家の若者に対する純愛と、その母への嫉妬が、フェラチオをどんどん情熱的に燃え上がらせ、美女は唇のはしからよだれの糸をたらしながら、肉棒をむさぼり続ける。

「……はぁぁぁ……綾香さんのおしゃぶり、もともと上手だったけど……こないだまでよりもねちっこくて、いやらしくなって……ますます気持ち良くて、最高だよ……」

叶うことなら、「母さんよりもずっと良い」と言わせたい。そんな想いを込めながら口内粘膜を駆使して吸い立て、巨乳をブルンブルン弾ませてピストンしていく。

「……ほっぺをすぼませて、唇を尖らせて夢中でしゃぶってくれてるから……綾香さんの清楚な美人顔が、めちゃくちゃ下品でエロくなって……その表情もすごくそそられて、僕、大好きだよ……んはぁ……感じるぅ……」

チュッパ……チュッパ……チュッパ……ニュルニュル……ニュルニュル……ニ

ユルニュル……。

あふれる愛情を口唇と熟舌に集中させ、舐め、吸い、しごき続けるうちに、涼介が情けなく声を上げる。

「……んくぅ……綾香さん……あまりにも心地よすぎて、このままだと暴発しちゃうよ……せっかくいくなら、お尻に出したくて……はじめてのアナルセックスが待ち遠しくて、たまらないんだ……」

（……いやぁん……久々に濃厚なおザーメンも、ゴックンさせてほしかったのに……けれど涼介さんがそうお望みなら、仰せのとおりにいたしますからね……だってわたしは、もうあなただけのものなんですから……）

別れを惜しみながら、チュッポン……と卑猥な音を立ててリップを離し、そそり立つペニスを見やる。

切っ先も肉竿も未亡人の唾液でテラテラと濡れ光っていて、準備はすっかり万端だった。

若者の両腕がこちらをあお向けに優しく押し倒し、涼介が上に覆いかぶさってくる。

「……お尻だからさっきみたいに、バックの方がやりやすいのかも知れないけど、正常位でもできるよね？……」

「……多分、大丈夫だと思うけれど……どうしてそうしたいの？」

「……後ろからだと、綾香さんの綺麗な顔が見られないのが、何だかさみしくて……見つめ合いながら、はじめてのアナルを味わいたいんだ……」

ただアブノーマルな、肉体的な快楽を求めているだけではないことがわかる涼介の温かい言葉に、胸がキュンと締めつけられる。

「……あふぅん……嬉しいわ、涼介さん……わたしもお風呂場ではずっとあなたのお顔を見られないのが、少し残念だったの……この形で、一つになりましょうね」

自ら両ももを大きく開いてM字開脚のポーズを取っていくと、割りひろげられた尻肉と尻肉の谷間に、ヌルヌルのペニスが押し当てられてくる。

ディルドまではトレーニング済みだったが、この太さは正真正銘の初体験なので、あらためて緊張感が胸の奥にわき上がってくる。

（……大丈夫よ、綾香……きっと上手にできるはずだわ……お母様よりも隣の未亡人の方がずっと涼介さんにふさわしい女だってことを、はっきりと証明してみせるのよ……）

自らにそう言い聞かせ、勘どころを体得してきた呼吸法で、括約筋をリラックスさせていく。

亀頭をピタリと菊門の中心にあてがい、童顔がつぶやく。

「……綾香さんに童貞を卒業させてもらって……今度は綾香さんのアナル処女を僕のものにできると思うと、何ていうか……胸がいっぱいだよ……さあ、入れるよ……」

ゆったりと息を整えつつうなずくと、熱くぬめった、丸みを帯びた先端が押しこまれてくる。

（……んはぁん……やっぱり、大き過ぎるわ……けれどわたしの深い愛情があれば、必ずオチ×ポを受けとめられるはずよ……んくぅん……）

ムニュウゥゥ……と肛口が拡張されていく感覚の後に、ブニュリ……と遂にカリ首が体内に侵入してくる。

「……ふぅぅぅ……入ったわ、涼介さん……」

「……痛くない？」

「……ええ、オモチャよりも太いけれど、生身のオチ×ポさんは作りものと違って温かくて、表面がやんわりしているから……案外苦しくはないわ……そのまま、わたしの中に来て……」

　全裸の女体を抱きしめ、若者が慎重に腰を前進させはじめる。

　メリ……メリ……メリ……と肛道が奥へ、奥へと、過去最大級の直径で掘削されていく。

「……んひぃん……すごぉい……涼介さんのオチ×ポ、オマ×コに飲みこんだ時よりも……何倍も大きく、太く感じられるわ……でも、心配しないで……最後まで全部、アナルマ×コにオチ×ポをちょうだい……」

　ブニュ……ブニュ……ブニュ……ブニュ……と少しずつ歩を進めてきた涼介が静止し、息をつく。

「……はぁぁ……チ×ポが丸ごと、綾香さんのお尻に収まったよ……オマ×コとはまた別の感触で……チ×ポのつけ根がアナルの入り口にキュウゥゥッと締めつけられて……すごく、新鮮な感覚だよ……」

　こちらを見つめながら涼介の手がプルンプルンの美乳を、ムニュリ……ムニュリ……と揉みしだきはじめる。

　肛門での処女喪失への緊張もあってか、未亡人の乳首はとうに充血し、ピンピンに尖っていた。

「……三十七年も生きてきたのに、新鮮な感覚なのはわたしも同じよ……あなたとそれを共有できるのが、とっても嬉しいわ……さあ、動いてみて……」

若者がおずおずと、下腹部を後退させていく。

ブニュ……ブニュ……ブニュ……。

「……んん……んふぅん……」

張り出したエラに引っかかり、密着した肛内粘膜までもが引きずり出されていくような触感に戸惑うが、それさえもけっして、苦痛ではなかった。

「……そのまま、続けて……ゆっくり、ゆっくり……未亡人のエッチなアナルに、ギンギンオチ×ポをズボズボして……」

ニュブ……ニュブ……ニュブ……ニュブ……グニュリ……グニュリ……グニュリ……グニュリ……。

巨乳を揉みこみながら、涼介がスローペースでピストンを開始する。

もともとまぐわうための穴ではないのだから、当然まだいくらか違和感はあり、美貌やボディにしっとりと汗がにじんでくる。

だがそんなことよりも美熟女の胸の内は、まだ実母とは経験していない特別なプレイを彼と体現できているのだという喜びの方が、圧倒的に勝っていた。

ニュプ……ニュプ……ニュプ……ニュプ……。

勃起で熟肛をほじくりながら、若者が声を漏らす。

「……ああ……出し入れするうちに、ちょっとずつアナルがほぐれてきてるのかな……最初はキツキツ過ぎたけど、お尻の中の締め具合がどんどん程よくなってきて……とっても気持ちいいよ……」

未亡人もそれは、同感だった。バスルームにてディルドで得られた妖しい心地よさが、徐々に再燃しつつあったのだ。

「……わたしもよ……まだ焦らないで、少しずつ……抜き差しを強くしてみて……」

ヌチュッ……ヌチュッ……ヌチュッ……ヌチュッ……。

「……んはぁ……中でカウパーがダダ漏れになってるのかな……ますますチ×ポがなめらかになって、動きもスムーズになっていく……」

「……あふぅん……涼介さんの素敵なオチ×ポ……張り形なんかよりももっとわたしのアナルを大切に愛して、開発してくれてる……涼介さんはオマ×コとお尻の穴、どちらがお好みなの？……」

感想を求めると少し黙考してから、涼介がつぶやく。

「……そんなの、選びようがないよ……綾香さんのオマ×コは、めちゃくちゃ最高だし……こうして出し入れしてるとアナルにはまた別の、独特の心地よさがあって……どっちも大好きだとしか、言いようがないよ……」

たしかにそれは、その通りなのだろう。

だとすれば……、と未亡人は思いはじめる。

まだ未熟な十代の若者に、実母か自分のいずれか一方を選べと迫るのも、酷なことなのかも知れない……。

(だからといって、お母様とわたしとで涼介さんを共有することなんて、現実的にはあり得ないでしょうし……今日を限りに引き下がって、涼介さんとの関わりをあきらめるなんて考えられないし……わたしは、どうすればいいのかしら?)

ヌッチュ……ヌッチュ……ヌッチュ……ヌッチュ……。

肉棒でえぐられるたびにジワジワと高まっていく妖しい悦楽に、だんだんと冷静な考えごとなど、していられなくなっていく。

「……あはぁん……涼介さん……突かれれば、突かれるほど……どんどん気持ち良くなっていくばかりだわ……アナルがリアルに、二つめのオマ×コになってしまったみたい……」

少し身を起こして、抜き差ししながら接合部を見下ろし、童顔がつぶやく。

「……チ×ポを引っぱり出すと、綾香さんのお尻の中のピンクのきれいなお肉が、吸盤みたいに吸いついたまま肛門からはみ出てきて……すごくスケベな眺めで……僕もめちゃくちゃ興奮しちゃうよ……」

「……んはぁん……もう、遠慮はいらないわ……オマ×コでする時みたいに、涼介さんのお好きなように思いっきり動いて……突き刺して……、未亡人の変態アナルマ×コを、めちゃくちゃに犯して……」

許しを得て、若者がそれまでのストッパーを解除したかのように、ピストンをスピードアップさせていく。

ニュッチュ……ニュッチュ……ニュッチュ……ニュッチュ……。

「……あああ……アナルの中で綾香さんのお尻のお肉が、グニュグニュうごめいて……チ×ポじゅうをしごいてきて……まるで僕のザーメンを、しぼり取ろうとしてるみたいだ……」

「……いやぁん、許してね、涼介さん……わざとじゃなく、感じ過ぎてお肛門の筋肉が、勝手にそうなってしまうの……んひぃん、おかしくなっちゃうぅ……」

ニュッチュ……ニュッチュ……ニュッチュ……。

肛穴をほじくられ、弾む巨乳を揉みいじられながら未亡人が、紅潮する美貌を涼介に向ける。

「……ヴァージンを捧げる、はじめてのアナルセックスでここまでたかぶってしまうなんて、はしたなくて恥ずかしいけれど……涼介さん、わたしもう……お尻で、達してしまいそう……」

ホッとしたように、童顔も見つめてくる。

「……僕ももう、限界だよ……綾香さん、いっしょにいこう……素敵なお尻に、精子を中出しするよ……」

激しく腰を振り立てながら若者が未亡人の全裸をギュッと抱きしめてきて、綾香も彼の汗ばむ裸身にすがりついていく。

ニュッチュ……ニュッチュ……ニュッチュ……ニュッチュ……ビクッ……ビクッ……ビクッ……ビクビクビクッ……！

男女の裸体が溶けあうようにシンクロして大きく痙攣し、スイートルームにオーガズムの嬌声が甘く響き合った。

「……い、いっちゃうぅぅ……アナルマ×コで、いっくぅぅぅぅっ……！」

「……で、出るぅぅぅぅっ……！」

ブピュ……ブピュ……ブピュ……ブピュピュピュピュピュピュッ……！

肛口でペニスの根もとをタイトに締めつけている影響だろうか、直腸内に注ぎこまれてくる精液のいきおいは女性器で感じるよりも強く、激しく、美熟女の体内を熱く満たしていった。

アナルファックという、あるいは近親相姦にも匹敵するほどのアブノーマルな行為で一つに結ばれながら、美熟女と若者はうっとりと、妖しく甘美な恍惚の大波に飲みこまれ、溺れていくのだった。

それから、しばらく後。

未亡人と涼介は全裸のまま、抱き合うようにベッドに横たわっていた。

肛交という特別な経験に、彼には珍しくたった一発の射精ですべてを出しきり、ペニスはすっかり満足して、可愛らしく萎んでいた。

（……わたし達二人は……いいえ、お母様を含めてわたし達三人は、これからどうするべきなのかしら……三人が皆幸せでいられる選択なんて、現実にあり得るのかしら……）

綾香にはそれがわからず、今涼介に何を言ってあげるべきなのか、言葉がなかった。

若者も同じことを考えているのか、スイートの天井をぼんやりと見上げ、ずっと無言のままだった。

（……近親相姦なんて許されないことだと言い続けるのは、簡単だけれど……涼介さんとお母様を無理矢理にでも引き離すことが、本当に彼のためになるのかしら……）

隣家の男の子への愛情が深まれば深まるほど、正解が摑めなくなっていく。

彼に会いたい一心でメールにしたためた、「母子相姦の噂を周囲に流す」という脅迫も、今となっては実行するつもりもなかった。

そんなことをすれば母子のみならず、彼らを貶めた自分までもが不幸になってしまうとしか、思えなくなっていたから。

するとベッドのかたわらで、携帯のバイブ音が静かに響きはじめた。椅子の背に掛けられた、涼介のジーパンのポケットからの、着信音だった。

即座に、女の勘が閃く。

「……きっと、お母様からだわ……わたしと会うことは内緒にして、ここに来たんでしょ？……もしかしたらお母様、わたし達の密会に感づいたんじゃないのかしら……お電話、出なくてもいいの?」

　ぼんやりしたまま、涼介が苦笑する。

「……母さんだとしても、僕たちがしてたことを言えるわけがないし……今は、出なくてもいいよ……」

　一向に動こうともしない若者を見やり、美熟女は突然意を決して起き上がり、全裸のまま涼介のスマホを手に取った。

　直感どおり画面には、「母さん」という着信表示があった。

「……あ、綾香さんったら……どうするつもりなの?……」

　戸惑うばかりの彼に、未亡人は静かに告げる。

「……愛する涼介さんがこれからもずっと幸せでいられるように……どうしてもお母様と直接、お話をしてみたくなったの……」

　そして綾香は震え続ける携帯を「通話」に操作し、おもむろに耳もとにあてがっていった。

第六章　母さんと未亡人との幸せな生活

1

涼介が隣家の未亡人と秘かなひと時を過ごした同日の、午後九時過ぎ。

自宅に戻った彼は一人ぼっちで、リビングのソファに所在なく座りこんでいた。

綾香が彼のスマートフォンを手に取った時には、下手をすると実母との罵り合いがはじまるのではないかと背筋が凍りついたが、大人の女性たちはけっして、そんな振る舞いには出なかった。

「……わたし達と涼介さんとの今後について、まずはお母様とわたしとの二人きりで、真剣にお話し合いがしたいんです……」

淡々と冷静な口調で未亡人が母に告げたのは、たったそれだけだった。

そして意外なことに、文恵もその申し出をすんなりと受け入れたのだった。

「……それじゃあ、綾香さんにお会いしてくるわね……」

ホテルから帰宅した我が子に密会のことを責め立てることもせず、彼に夕食を用意してから実母は単身、隣家を訪ねていった。

その時点では涼介には、母が何を考え、どうしようとしているのか、まだまったくわからなかった。

それから、約三時間。

（……こんなに長いこと、母さんと綾香さんはどんな話をしてるんだろう……）

シンプルに想像できるのは、二人のいずれが涼介の「唯一の女」になるかをめぐっての議論を交わしているのだろう、ということだった。

だがこれまでの経緯から考えて、実母も未亡人も、彼のことをすんなりと相手に譲るだろうとは、少しも思えなかった。

何しろ三時間に及んでもまだ決着がついていないらしいこと自体が、それを如実に物語っているではないか。

その上で涼介は、最悪の結末を思い浮かべずにいられなくなる。

（……僕が一番恐れてるのは、母さんも、綾香さんも揃って僕から身を退いて、すべて何もなかったことにしちゃうってことだけど……）

いずれか一方に彼を渡してその後に嫉妬に苦しむくらいなら、いっそのこと、涼介が未亡人とはじめて体を交わす以前の健全な状態に、時間を巻き戻してしまえばいい。

文恵も綾香も本来は、清楚で慎み深く、欲情と快楽に溺れることを善しとはしないタイプの女性たちなのだ。

ゆえに二人がそういう結論に合意するのは、他の選択肢よりも最もありそうなことだと、涼介には思えてならなかった。

（……母さんとも、綾香さんとももう愛し合えなくなっちゃうとしたら……そんなの地獄すぎて、想像したくもないよ……）

すると突然玄関のチャイムが鳴り、若者はビクリと背筋を伸ばした。

（……母さんが、帰って来たんだ……僕たちはこれから、どうなるのかな……）

裁判長からの判決を待つ被告人のような気分になりながら、涼介は重い足取りで廊下を進んでいき、ゆっくりとドアを開いた。

一瞬意味がわからず、彼はポカンと三和土に立ちつくさずにはいられなかった。

目の前にあらわれたのが母のみではなく、かたわらに寄りそうように未亡人までもが佇んでいたからだ。

しかも美熟女たちは二人とも、おだやかな微笑みを浮かべていた。

「……涼ちゃん、どうすればわたし達みんなが……何よりもあなたが幸せになるためにこれからどうしていけばいいのかが、ようやく決まったわ……」

温かく美母がささやき、隣家の未亡人がそっとうなずいた。

2

それからまた、一時間と少し後。

涼介は再び、しかし先刻までの不安感とはまったく異なる想いを胸に、一人リビングのソファに座りこんでいた。

あまりにも劇的な急展開にまだ心がついていけず、まるで夢の中にいるかのように、腰掛けていても足もとがフワフワしてしまって、彼はどうにも落ちつくことができなかった。

「……わたし達の新しい門出だから、二人ともきちんと身づくろいをしておきたくて、待たせてしまってごめんなさいね、涼ちゃん……」

言いながら室内に入って来た実母と、それに続く未亡人の姿に、若者は息を呑むばかりだった。

それぞれバスルームで身を清め、ボディソープの香りに包まれた美熟女二人が、涼介に寄り添うように向かい合い、ふかふかのカーペットの上に座りこむ。

いずれも綾香がデザインしたハイブランドの物なのだろう、美母はホワイト系の、未亡人はやはり彼女らしいブラック系の超ミニのワンピースのような、セクシーなお揃いのベビードールをまとっていた。

いまだにこの状況が信じられず、涼介はあらためて双方に問い直す。

「……どちらか一人だけじゃなく、これからは二人でいっしょに僕のことを愛し続けてくれる……マジでそれが、母さんたちの結論なの？……」

二つの輝くばかりの美貌が、同時にほころぶ。

「うふふ、涼介さんたら。さっき充分説明したでしょ……」

「わたしと綾香さんとで、お互いのことを包み隠さず赤裸々に告白し合って……どちらの気持ちも本物で、涼ちゃんもわたし達を同じくらい本気で愛してくれているってことが、しみじみと理解できて……」

「……だから誰かが犠牲になるなんて、正しいことじゃない……何よりも涼介さんのためにはこうすることが一番だって、二人で決めたの」

美女たちの手指がシンクロするように若者の太ももにそっと添えられ、さわさわと撫でまわしてくる。

少しずつ、これが夢などではなく現実なのだと、ハートが追いついていく。

「……僕にとっては、最高すぎる結末だけど……三人でって言っても、エッチの時はどうするの？……やっぱり片方ずつ、パートナーを日替わりにしていくとか？……」

美貌と美貌が互いを見合い、微笑む。

「それも考えたけれど……わたしも綾香さんも、所詮ただの女ですもの……今夜は未亡人さんの日だから、母さんはさみしく我慢しなきゃいけない、みたいなルールには耐えられなさそうだし……」

「だから涼介さんと愛し合う時には、これからはいつも二人いっしょにって、そうすることにしたの」

驚きに、心臓が高鳴りだす。

「……それって、３Ｐってこと？……いくら何でもそんなことって、しちゃっていいのかな？……」

美熟女たちがおだやかに、しかし決然とうなずく。

「わたし達は母子相姦も……」

「アナルセックスでさえも、経験済みなのよ……」

「それに比べたら3Pなんて、今となってはごくノーマルな、健全なプレイだとしか思えないでしょ……それでも涼ちゃんは、代わる代わるに一人ずつとする方が、お好みなのかしら？……」

考えるよりも先に自然に、首を横に振っていた。

「……三人でいっしょに愛し合えて、いっしょに気持ち良くなれるなら……僕だってそうしたいよ……ていうか今からそれが、体験できるってことだよね……」

襟ぐりの深い下着からあふれ出そうな四つの巨乳を見やり、ゴクリと唾を飲みこむ。

すると四つの澄んだ瞳がとろんと妖艶に潤みはじめ、二つの女体がくねくねとうねりだす。

「……そうよ、涼ちゃん……たった今から、わたし達三人の新しい、幸福な生活がはじまるの……二つの唇と、四つのオッパイと、二つのお尻と……何よりも二つの熟れたオマ×コで……涼ちゃんを愛し抜いてあげますからね……」

その言葉を聞くだけで、ズボンの中でペニスが猛スピードで充血していく。

「……それでお母様といっしょに考えたんだけれど、記念すべき初3Pのオープニングに、まずは女性が二人いないとできない刺激的なショーを、涼介さんに見せてあげたいの」

「……ショー？」

二つの美貌が、艶やかに微笑む。

「女同士の、レズビアンプレイよ……わたし達、じっくりと語り合いはしたけれど、まだお互いのボディのことは何も知らないから……涼ちゃんをいっしょに愛していくためには、その前に何もかもを熟知しておきたくて……」

「だからまずは涼介さんはショーのお客様に徹して、わたしとお母様が……仲直りというと変だけれど……これから対等に涼介さんに尽くしていく恋人たちになる、誓いの契りの証人になってほしいの」

目の前に存在する二つの豊満な女体に、まだ触れてはいけないとおあずけを食わされるのはつらかったが、それ以上に淫らな好奇心が勝り、涼介は素直に首肯した。

「……二人がそうしたいのなら、何の文句もないっていうか……母さんと綾香さんのそんなプレイが見られるなんて、それこそ夢みたいだよ……」

「……それじゃあはじめましょうか、綾香さん」

「……ええ、お母様」

ベビードール姿の美熟女二人がおもむろに向かい合い、見つめ合うと、単なるリビングのカーペット上が一気に、ゴージャスでセクシーなストリップショーのステージへと様変わりしたように、若者は錯覚せずにはいられなかった。

当然、ここまで齢を重ねてきても同性同士で睦み合うのは初体験だろう美女たちが、互いの女体におずおずと両腕をまわしてやんわりと抱き合い、視線と視線をねっとりとからませ合っていく。

「……それにしても綾香さんって、本当に綺麗で……美し過ぎて、嫉妬する気にもならないくらいだわ……」

「……もう、何をおっしゃるの……お母様は、わたしが背伸びをしても手に入れられない、母親にしかないやわらかくて、温かな美しさでいっぱいで……わたしの方こそ、ジェラシーを感じてしまうくらいよ……」

美貌と美貌がゆっくりと接近していき、ピンク色の唇と唇が、ネッチョリと密着していった。

クチュクチュ……クチュクチュ……クチュクチュ……。

密やかな湿音とリップの動きで、二人がディープキスをはじめたのは明らかだった。見ているだけでデニムの奥で勃起が、ビクビクと弾んでしまう。

「……むふぅん……」

「……んふぅん……」

ニュチュニュチュ……ニュチュニュチュ……グチュグチュ……グチュグチュ……と接吻が濃厚になっていくのに合わせ、抱擁も密着度を増し、巨乳と巨乳が互いをムンニュリと押しつぶしていく。

ディープではあるが、けっして一方的にむさぼるようなことはしない上品でフェミニンな口づけをしばし続けた後、美貌と美貌がそっと分かたれていき、双方の美唇の間に透明な唾液の糸が、ネッチョリと伸びていった。

するとどちらからともなく美女たちはそれぞれ舌を出し、たれ落ちる唾を舐め取り、舌と舌とをレロレロと中空でからませ合った。

「……綾香さんのお口、とっても美味しくて……それに何時間もお話するよりも、たった一度のキスの方がより深く、お互いのことをわかり合えるような気がするわ……」

「……ええ、お母様。わたしも同感よ……ますますあなたのことが、愛おしくなっていくばかりよ……」

いったんハグを解き、両者の手指が相手のベビードールのストラップをずらし、スルスルと上半身を露出させていく。

ブルリン、ブルルン……プルリン、プルルン……と四つの爆乳が一気に弾みながらまろび出てくる様子は、圧巻だった。

美貌を見つめ合った時同様に、また実母がひけ目をあらわすように、ボディをモジモジとくねらせる。

「……やっぱり綾香さんは、何もかもがパーフェクトだわ……オッパイも二十代のように、綺麗な形を保っていて……それに比べてわたしは……」

上向きに乳首を尖らせたみずみずしい未亡人のバストに対し、熟しきってやんわりと垂れかけた自らのそれを文恵が卑下すると、綾香が両手で下からそっと母乳をすくい上げ、ムニュリ、ムニュリ……といじくりはじめる。

「……お母様、そんなことはおっしゃらないで……この素敵なオッパイで、赤ちゃんの頃の涼介さんをお育てになったんでしょ……温かさに満ちていて、包容力があって……これこそが、理想のお母さんのオッパイだわ……」

実母も未亡人の巨乳に両手を添え、グニュリ……グニュリ……と揉みしだいていく。

「……うふぅん、やっぱり同性だからかしら……綾香さんの揉み揉み、男性なんかよりも繊細でお上手で、とっても心地いいわ……うふふ、こんなことを言ってしまって、涼ちゃん、ごめんなさいね……」

たしかに母の指摘は正しいのだろう。四つの乳頭があっという間に、ピィン……と硬く膨張していく。

「あふぅん、お母様……女同士にしかできないお遊びを、してみましょう……」

未亡人が両手を美母から自らの巨乳へと持ち替え、互いの乳首と乳首とをクリクリと擦り合わせたり、たっぷりとした乳房と乳房をムニュムニュと押しつけたりしはじめる。

「……んくぅん……オッパイとオッパイでいたずらし合うなんて……こんな感覚、味わったことがなかったわ……とっても気持ち良くて、ドキドキしちゃう……」

四つの巨大な肉房が密着してせめぎ合い、グニュリ、グニュリと柔軟な球形を様々に変化させていく様子も、何ともエロティックなヴィジュアルだった。

「……体じゅうが火照って、ほんのり汗ばんできたわ……綾香さん、脱いでしまいましょうね」

未亡人がうなずき、美熟女たちは互いの薄衣を引き下ろしていく。

双方ともショーツは着けておらず、まばゆいばかりの全裸が二つ、露わになっていった。

「……二人の、最高のオールヌードをこうして一度に眺められるなんて……見てるだけでもチ×ポがギンギンで、股間が苦しいから……僕も裸になるね」

あくまでも観客に徹しつつ、涼介もシャツやズボンを乱暴にはぎ取り、そそり立ったペニスを解放していく。

触れてもいないのにもう仮性包茎は自然にむけきり、尿道口からはカウパーがにじみ出ていた。

「さあ、綾香さん……涼ちゃんを愛するために一番大切なところ……わたし達のオマ×コを、見せ合いっこしましょう……」

「……うふぅん……嬉しい……これでわたし達はもう、何の秘密もない、心の底から信頼し合える関係になれるのね……」

美女と美女が合わせ鏡のように、向かい合って卑猥なＭ字開脚ポーズを取っていき、それぞれの股間に熱い視線をねっとりとからみつけていく。

「……ああん、綾香さんのエッチなオマ×コ……もうグチュグチュに潤って、お口をひろげているわ……」

「……お母様のオマ×コも、ビラビラがとってもいやらしくて……とろとろラブジュースを垂らしているわ……」

最愛の美熟女二人が女性器を披露し合っているというアブノーマルなシチュエーションに、勃起が感応してビクビクと弾み、涼介の欲情もグングンと高まっていく。

すると未亡人が巨乳をブルリン、とぶら下げながら前屈みになって、美貌を実母の女陰に近寄せていく。

「……お母様の、素敵なオマ×コ……ここから涼介さんが、生まれ出てきたのね……ねえお母様、この神聖なオマ×コに……キスをさせて」

「……あふぅん……だったらわたしにも、涼ちゃんに初体験を教えてくれた、未亡人さんの大切なオマ×コを、舐め舐めさせて……」

文恵が下になり、クルリと身を反転させた綾香が上になり、二つの豊満な女体がシックスナインの体勢をとっていく。

「……んふぅん……オマ×コだけでなく、綾香さんのきれいなお尻の穴まで丸見えよ……ここでも涼ちゃんのオチ×ポをズボズボして、癒してくれたのね……ありがとう、綾香さん……」

「……お母様のアナルでも涼介さんを愛せるように、いずれお手伝いさせていただくわね……ああん、お母様のオマ×コ、とっても美味しそうで……もう、ガマンできないわ……」

クチュクチュ……クチュクチュ……レロレロ……レロレロ……と美女たちが相手のクリトリスや小陰唇、そして膣口を舐めくすぐり、ねぶりはじめる。

「……むふぅん……感じちゃうぅん……」

「……あひぃん……お母様の舐め方も、すごくいやらしくて、けれど優しくて……気持ちいいいん……」

ダブルクンニでビックン、ビックンとボディを震わせ、巨乳と巨尻が揺らめくのにシンクロするように、傍観しているだけの涼介の肉棒も、どんどんと性感をたかぶらせていく。

クチュクチュ……クチュクチュ……レロレロ……レロレロ……。

やはり女性同士ゆえに、互いの快感のツボを自然に心得ているのだろう。涼介にはまだ不可能な速さで互いを一気に、エクスタシーへと導いていく。

「……いひぃん……お母様ぁ……わたし、もう……」

「……くふぅん……わたしもよ、綾香さん……ねえ涼ちゃん、母さんと未亡人さんがいっしょに達するところを、よぉく見ていてね……」

チュパチュパ……チュパチュパ……と美熟女たちが双方のクリトリスにしゃぶりついた次の瞬間、二つの女体がガックン、ガックンと激しく痙攣していく。

「……んひぃん……愛してるわ、お母様……い、いっちゃうぅぅぅっ……！」

「……あうぅぅん……わたしも愛してるわ、綾香さん……い、いっくぅぅぅぅっ……！」

涼介の恋人たちとして、これから手を取り合って彼に尽くしていこうという「同志愛」を表明しつつ、二つの淫らな美声がからみ合い、リビングに響き渡っていった。

3

「……はぁ……はぁ……はぁ……はぁ……」

絶頂で乱れた呼吸が整っていくのと共に、実母と未亡人がどちらからともなく全裸を起こし、見つめ合う。

「……すべてをさらし合って、いっしょに達して……これでわたし達は、本当の意味で一心同体になれたわね、綾香さん……」

「……ええ、その通りだわ……うふふ、お母様の綺麗なお顔、わたしのオマ×コのいやらしいおつゆで、ベトベトだわ……」

「……まあ、綾香さんのお口のまわりも、わたしのエッチなお汁でグチョグチョよ……」

美熟女二人が清潔な舌を伸ばし、互いの美貌を濡らす淫液をペロリ、ペロリと舐め、清め合っていく。

するとそこへ割って入るように、もうこれ以上は堪えきれなくなった涼介が、カウパーでヌルヌルの屹立を突きつけ、つぶやいた。

「……母さんたちだけ気持ち良くなって、いっちゃうなんてズルいよ……僕ももう、見てただけなのにチ×ポがたかぶりまくって……今にも射精しちゃいそうなんだ……」

美熟女たちが顔を見合わせ、それからカーペットから立ち上がり、二人がかりで優しく抱きしめてくれる。

四つの巨乳がムニュムニュとこちらの裸身に押しつけられ、豊満な二つのボディに温かく包みこまれるのは、いずれか一人にハグされるのよりも何倍も安心感があり、快かった。

チュッ、チュッ……チュッ、チュッ……と二つの美唇が涼介の顔じゅうにソフトなキスをしつつ、ささやく。

「……さみしい思いをさせてしまって、いけない母さんたちだったわ……許してね、涼ちゃん」

「……今からたっぷりと二人で、涼介さんのオチ×ポにご奉仕してあげますからね」

「……母さんたちのレズプレイがあまりにもエロ過ぎたから、マジでもう……ザーメンが漏れちゃいそうなんだ……」

美熟女たちが抱擁を解き、膝立ちになってペニスに美貌を近づけていく。

「……涼ちゃんが落ちついて3Pを楽しめるように、先にピュッピュしておいた方がいいわね……」

美女たちが二枚の舌を伸ばし、真っ赤に腫れきった亀頭を左右からペロリ……ペロリとやんわりとくすぐっていく。

「……んはぁぁ……軽く舐められただけでも……僕、限界だよぉ……」

文恵が、綾香に微笑む。

「まずはあなたが、オチ×ポミルクをお口に受けとめてあげて」

「ああん、嬉しい……けれど大切なお精子は二人で仲よくわけ合って、いっしょにゴックンしましょうね」

隣家の未亡人が実母に見守られながら、カウパー滴るカリ首をパクリと美顔にくわえこみ、唇をすぼめてニュルリ……ニュルリ……としごきだす。

情けなくもわずか数回のストロークで、若者がせつなくうめく。

「……くふぅ……綾香さん……母さん……出るよ……あああっ……い、いっくぅううっ……！」

ズピュ……ズピュ……ズピュ……ズピュピュピュピュピュッ……！

「……うふぅん……何ていやらしい眺めなのかしら……お竿がビクビク弾んで、綾香さんの整ったほっぺが少しずつ、ぷっくりと膨れていくわ……おザーメンがお口の中にどんどん、溜まっていくのね……」

「……ふぅぅ……危ないところだったけど、すっきりしたよ……」

当面の欲情を涼介が放出しきると、余裕で硬直したままの勃起から未亡人がチユッポン……と美貌を遠ざけ、しっかりと閉じたリップを今度は美母に近寄せていく。

「……僕の精液を、口移しで飲ませっこするの？……母さんも綾香さんも、エロエロ過ぎるよ……そんなの見せられたら、またすぐにチ×ポがいきそうになっちゃう……」

美貌と美貌が唇をネッチョリと合わせながら、熟女たちのほほがしばしモグモグとうごめき、口内から口内へと濁液を流しこんでいく。

それからちょうど半量ずつがそれぞれにシェアされたところで、二つの首すじがコクリ……コクリ……コクン……と波打っていく。

「……はぁぁ……ありがとう、綾香さん」

「……いいえ、貴重なおザーメンを一人じめになんかできないもの……それにお母様と分かち合った方が、ますます美味しく感じられる気がするわ……」

四本の腕が若者の裸身を優しくカーペットの上に座らせ、二つの豊満な女体があらためて左右から抱きしめてくる。

「……さあ涼ちゃん、いよいよわたし達の新しい愛し合い方……本格的な3Pセックスの幕開けよ……」

「……二人がかりで全身全霊をこめて、涼介さんの心身を隅から隅まで癒してあげますから、じっくりと楽しんでね……」

美貌たちが舌を伸ばして接近してきたので、こちらも舌じゅうを思いきり出し、三つの軟体を中空でネッチョリとからませ合っていく。

母たちの清らかな口腔からは、不思議ともう嚥下した精液臭は少しもせず、三枚の舌がヌチョヌチョととろけ合うディープキスは、頭がぼうっとしてしまうほどの甘美さにあふれていた。

そのまま母舌と未亡人舌がペロリ……ペロリ……と彼の首すじへと這い下りていき、押しつけられた四つの巨乳もムニュムニュと、わき腹のあたりを撫でまわしてくる。

「……うはぁ……それ、めちゃくちゃ気持ちいい……」

左右の乳首を二つの唇に同時に吸われ、二つの舌にチロチロと舐められるのは、格別の心地よさだった。

「……二ヶ所を一気に責められるのって、二倍どころじゃない……何倍も感じちゃうものなんだね……チ×ポがヒクヒク跳ね上がっちゃって、止まらないよぉ……」

レロリ……レロリ……レロリ……レロリ……と熟舌たちが胸から腹部へと、さらに降下していく。

「……さあ涼ちゃん、そのままお寝んねして……体じゅうから力を抜いてリラックスして、わたし達に身を任せて……」

ふかふかの絨毯の上にあお向けに横たわると、とうとう二つの女体が、ニョッキリといきり立った勃起を取り囲んでくる。

「……二人で協力し合えば、何よりも涼介さんを幸せにできるのはわかりきっていたことなのに……」

「……愛しい涼ちゃんのオチ×ポを一人じめにしようとしていたなんて、わたし達は自分勝手なおバカさんだったのね……」

四つのすべらかで温かい手がおだやかに彼を大股開きの体勢にし、もはやどれが誰のものかも判別しかねる二十本の柔らかな指が、亀頭と肉竿と玉袋と肛門を、さわさわと撫でまわしてくる。

「……先っちょがパンパンに膨れて、お肉の棒もたくましくギンギンで……」

「……タマタマもプリプリにふくらんで、アナルさんもヒクヒク息をして……わたし達には四つのお手てがあるから、お手コキの時には、このすべてを同時に慰めてあげることができるのよ、涼ちゃん……」

それを想像しただけで、胸の奥がワクワクとときめいてくる。

「うふふ、お手てだけじゃないわ、お母様……わたし達には、バストも四つあるのよ……両側から、オチ×ポさんを包みこんであげましょう」

プリプリの未亡人の弾乳とモチモチの実母の軟乳が、左右から男根にグニュグニュと押しつけられ、密着してくる。

「……んくぅ……温かくて、めちゃくちゃ気持ちいい……チ×ポが上下左右に動いても、あっちもこっちも全部オッパイで……まるでオッパイの海の中で、溺れちゃったみたいだ……」

二人の美熟女がボディをクネクネとグラインドさせ、四つの巨乳をせめぎ合わせて勃起をダブルでパイズリしていく。

「……あふぅん……このお遊び、とっても素敵だわ……涼ちゃんのオチ×ポをムニュムニュしてあげていると、わたし達の乳首同士が自然に擦れ合って……こちらまでどんどん心地よくなってきて……」

「……おっしゃるとおりだわ……何から何まで、新しい発見ばかり……三人プレイってこんなに素晴らしいものだったのね、お母様……」

興奮を高まらせつつ、涼介の中に別の疑問がわき上がってくる。

「……手コキやパイズリは二人がかりでできるけど……フェラの時はどうするの？……さっきみたいに、二人で同時にしゃぶることは無理でしょ？……」

四つの乳玉を肉茎から離しながら美貌と美貌が互いを見やり、微笑み合う。

「うふふ、こういうふうにするのは、いかがかしら？……わたしがタマタマとお肛門を舐め舐めするから、お母様はオチ×ポをおしゃぶりしてあげて」

順番的に、次に勃起を味わうのは実母の方だと譲ったのだろう、未亡人がM字開脚で露わになった玉袋に率先して美唇を吸いつけ、チュパチュパとねぶりはじめる。

「……お気づかいありがとう、綾香さん……今度は母さんがオチ×ポさんをいただくわね、涼ちゃん……」

美母が切っ先をあむりと口内に収め、たおやかにニュルニュルと、エラのあたりをしごきだす。

亀頭と睾丸の二点責めは、これまでの同時奉仕にも増して、強烈に刺激的だった。

ニュルニュル……ニュルニュル……チュパチュパ……チュパチュパ……。

「……ぐはぁぁ……金玉をしゃぶられながらだと、チ×ポがすごく敏感になって……嘘みたいに気持ち良すぎるよ……」

「……んむ……んむ……んむ……」

これまでの習い性でごく自然に、実母が長大な肉棒を奥へ奥へと、難なくディープスロートしていくと、それに驚いて未亡人が思わず陰嚢から唇をはずし、美貌を起こす。

「……そんなに深くまでなんて……お母様、苦しくはないの？……」

まさに口がふさがれているので無言のままだったが、

「もちろん、少しもつらくなんかないわ」

と答えるように、美母は平然と我が子の屹立を根もとまで飲みこみ、いつものように喉粘膜でカリ首をクニュクニュと抱擁してくる。

「……はぁぁ……母さんの喉マ×コ、やっぱり最高だよ……」

そんな彼らのやり取りを見つめ、綾香が感激したように声を漏らす。

「……こんなに立派なオチ×ポを喉まで飲みこんでるのに、そんなに優しいお顔をしたままで……わたしなんかにはまだ、とてもできることじゃないわ……やっぱり実のお母様だからこそ、ここまで涼介さんを愛せるのね……」

んぐ……んぐ……んぐ……と文恵が勃起をゆるやかに吐き出していき、唇から透明な粘汁の太い糸を引きながら、未亡人にささやく。

「……うふふ、このくらいのことはあなたなら、すぐにマスターできるはずよ。何しろ綾香さんは、わたしが思いもよらなかったアナル処女を涼ちゃんに捧げるほど、この子のことを愛してくれているんだから……」

お互いへの敬意に満ちた視線で見つめ合う美女たちに、涼介までもがしみじみと心を震わせる。

（……一時はどうなることかとハラハラしたけど……母さんと綾香さん、リアルに信頼し合ってるんだ……こうなれたことは僕だけじゃなく二人にとっても、マジで最良の選択だったんだ……）

「……オチ×ポを喉までいただくのは、女性にとっても癖になってしまうほど、すごく心地よいものなのよ、綾香さん……」

「……お母様と涼介さんとの初アナルファックは、わたしが丁寧にアドバイスするから、喉奥フェラの奥義も、ご指導くださいね」

「うふぅん……当然よ、綾香さん。わたし達は今夜から一心同体……二人で一人のようなものなんだから」

再び実母が勃起を奥深くくわえこみ、未亡人が今度は若者の菊門を、ペロペロと舐めはじめる。

考えてみれば綾香がアナルに口をつけるのははじめてのことだったが、よほど文恵の献身的な奉仕に感化されたのだろう。

清らかな濡れ舌が何のためらいもなく、情熱的にニョロニョロと肛内にインサートされてくる。

「……くっひぃぃ……ディープスロートされながらのアナル舐めなんて……こんな感覚、強烈すぎておかしくなっちゃうよぉ……」

母なる喉肉でクニュクニュカリ首を抱きしめられながら、未亡人の美舌で直腸内をニュルニュルとほじくられる。

間違いなくそのダブルプレイは未知の領域へと突入していくような、妖しすぎる快楽に満ち満ちていて、涼介は全身をブルブルと震わせずにはいられなかった。

グニュグニュ……グニュグニュ……ニュルニュル……ニョロニョロ……。

ただ喉締めするだけでなく、ジュルジュルと湿った音を立てて美貌を後退させ、亀頭をチュパチュパとねぶることも忘れずにいてくれる母。

以前文恵が舐めてくれた時よりも奥の奥まで長い舌をねじ込み、無心に愛情深くアナル内へのディープキスに没頭する未亡人。

この贅沢すぎる美熟女からの二点同時奉仕に、涼介はまたもや射精への欲求を堪えようもなかった。

「……母さん……綾香さん……二人の想いがあまりにも熱すぎて……僕、また……ザーメンが出ちゃいそうだよぉ……」

彼のうめきを聞き、実母の唇が肉竿から、綾香の濡れ舌が直腸内から遠ざかっていき、二つの美貌が顔を上げる。

「……このまま、母さんのお口にドピュドピュしたい？……それとも、他のやり方でお射精したい？」

いったん解放されたことで、切迫した発射欲を徐々にクールダウンさせていきながら、涼介がつぶやく。

「……せっかくなら、オマ×コに中出ししたい気分だけど……それこそセックスは、三人だとどうすればいいのかな？……チ×ポは一本しかないし、二人同時につながるのは、絶対に無理でしょ……」

涼介の言葉に反応するように、未亡人が静かに口を開いた。

「……わたしから、お二人にリクエストをしてもいいかしら？……」

4

「……二人って……涼ちゃんとわたしにってこと？……綾香さん」

隣家の美熟女が、うなずく。

「……さっきわたし達のレズプレイをご披露したように……今度はわたしが涼介さんとお母様との、実の母子でのセックスを目の前で見せてほしいの……」

「……綾香さんは、見てるだけでいいの？……」

若者が問うと、未亡人が真顔で答える。

「……そんなことより、近親相姦というタブーを犯してまで、どうしてお母様たちが愛を貫き通せているのか……あなた達がどんなふうに情熱的にまぐわっているのかを、この目で確かめておきたくて……」

綾香の真剣な望みに、美母が微笑み返す。

「……わたしはそれでもかまわないけれど、涼ちゃんはどう？」

「……さっきのレズショーのお返しってわけじゃないけど、綾香さんがそうしたいのなら、応えてあげなきゃ」

「ああん、嬉しいわ……ありがとう、涼介さん……ありがとう、お母様……」

絨毯の上にあお向けに横たわったままの若者の上に、全裸の実母が覆いかぶさってきて、今度は未亡人がかぶりつきの観客のように、母子の間近に寄りそってくる。

「……わたし達母子の秘密を知りながら、それでもわたし達の理解者になってくれた綾香さん……あなたは、涼ちゃんとわたしの唯一の味方よ……」

「……そんなふうに思ってくださって、感激だわ……」

「……綾香さんへの感謝の気持ちをこめて、実の母と息子が本気でオマ×コをする姿を何もかも、あなただけにお見せするわね……」

まるで本番まな板ショーを演じるプロのストリッパーのように艶やかに、しかし同時に母性そのものの慈愛に満ちたたおやかな身ごなしで、文恵が我が子の上で和式トイレにまたがるがごとき、卑猥なポーズを取っていく。

「……うふぅん……涼ちゃん……綾香さん……母さんのオマ×コはもうずっとグチュグチュのままで、セックスの準備はとうにできているわ……」

ニョッキリと反りかえった肉棒を弾ませつつ、涼介もつぶやく。

「僕もだよ、母さん……」

「……あふぅん……綾香さん、産みの母親の温かなオマ×コに、愛しい我が子の成長したオチ×ポが里帰りするところを、しっかりと目に焼きつけてね……」

裸母が我が子の屹立を握って湿った膣口にあてがうと、全裸の未亡人も巨乳をプルプルとぶら下げながら前屈みになり、接合部に美貌を近づける。

ブチュリ……ムニュ……ムニュ……ムニュ……。

ゆっくりと腰を落としていき、長大な勃起のすべてを体内に帰還させた美母が巨乳をブルルン、ブルリン……と震わせ、息をつく。

「……んくぅん……母親と息子が……生のオマ×コとオチ×ポが……リアルに一つになったわ……綾香さん、これこそが真実の意味での、母子愛というものなのよ……」

どちらからともなく、それこそ血の繋がった者同士でしか不可能な絶妙なハーモニーを奏でるように、男女の下腹部がシンクロしたように動きはじめる。

ヌッチュ……ヌッチュ……ヌッチュ……ヌッチュ……。

「……あひぃん……涼ちゃんのオチ×ポ……母さんの中で今夜も元気に跳ねまわって……とっても気持ちいい……」

「……はぁぁ……母さんのオマ×コも、いつもどおり優しく、温かく僕をネッチヨリ抱きしめてくれて……すごくホッとしちゃうよ……」

ヌチュヌチュと出し入れされる陰部と、母子それぞれの姿を交互に見やりながら、未亡人もそっとつぶやく。

「……お母様のお顔、菩薩様みたいに優しくて……涼介さんもリラックスしきって、すごく幸せそうで……これこそが本当の、母子の姿なのね……とっても神々しくてわたし、涙がこぼれてしまいそうだわ……」

グッチュ……グッチュ……グッチュ……グッチュ……と潤音を高まらせ、ブルリン、ブルルン……ブルリン、ブルルン……と軟らかな爆乳をいっそう弾ませながら、ピストンのテンポがだんだんと上昇していく。

「……んひぃん……けれどこんな涼ちゃんを、綾香さんはわたしにも負けないくらい、心底夢中にさせたでしょ……この子に対するあなたの隣人愛も、母子愛と同レベルの、かけがえのないものなのよ……」

堪えていた隣家の美女の澄んだ瞳が遂に、キラキラと清らかに潤んでくる。

「……ああん……そうまで言ってくださるなんて……わたしまで、幸せでたまらないわ……」

騎乗位で息子と繋がりながら、実母が未亡人をそっと抱き寄せ、こぼれてくる涙をペロリ……ペロリと舐め取ってやる。

「……もう綾香さんは一人ぼっちの未亡人さんなんかじゃない……今夜からはわたし達三人で毎日愛し合って、誰よりも幸福な生活を分かち合っていきましょうね……」

ヒップをゆるやかにグラインドさせて、我が子のペニスを女性器で愛しみながら、文恵が綾香の巨乳をムニュムニュと揉みはじめると、未亡人も返礼のように美母の乳房をグニュグニュと愛撫しだす。

すると下から肉竿で母を突き上げつつ涼介も、綾香の女陰に片手を伸ばしていく。

「……涙だけじゃなく綾香さんのオマ×コも、しっとり濡れてるよ……泣いてないでいないで僕らといっしょに、気持ち良くなって……」

今となっては、生まれ故郷である母のものと同様に愛着のある、未亡人の膣穴にニュルリと二本指をインサートし、ジュボジュボとほじくっていく。

「……んはぁん……お母様にお胸を揉み揉みされて……涼介さんにオマ×コをいじくられて……わたしまで二人といっしょにセックスしてるみたいで……感じちゃううぅん……」

実母と息子が女上位でまぐわい、女性同士が互いの巨乳を愛撫し合い、涼介の手指が未亡人の膣道をえぐっていく。

二人の女と一人の若者は完全に呼吸を合わせ、渾然一体となって性感を高め合っていった。

「……涼ちゃん、わたしの喉奥フェラと綾香さんのアナル・ディープキスとで、またいきそうになっていたでしょ……もしもガマンしているのなら遠慮せずに、母さんのオマ×コに生でいつでもドピュドピュしていいのよ……」

けっして自らの快楽に没入したりはせず、実母がおだやかに気づかいの言葉をかけてくる。

だが今のところはまだ、心配は無用だった。射精まではそれなりの余裕があると、涼介は実感していた。

ペニスと肛門への刺激的すぎる口唇愛撫の後、いったん平常心に戻れたことが功を奏してくれているのだろう。

ニュッチュ……ニュッチュ……グッチュ……グッチュ……と男性器では母膣を、手指では未亡人膣を愛しみながら、美母に微笑む。

「もう少し、持ちそうだよ……だってこれからは一人だけじゃなく、母さんと綾香さんを満足させなきゃいけないんだもの……そのためにはもっと成長して、大人になって……一人前以上の男にならなきゃ」

そんな決意表明をすると、二つの美貌が尊いものを見るように、こちらに視線を向けてくる。

「……それでこそ、わたしの自慢の一人息子よ……誇らしいわ、涼ちゃん……」

「……素敵だわ、涼介さん……わたしがあなた達のお隣りに住んでいたのは、けっしてただの偶然なんかじゃなく……こうなるための、運命だったのね……」

ニュッチュ……ニュッチュ……ニュッチュ……グッチュ……グッチュ……グッチュ……。

母子相姦セックスを生鑑賞しているという心のたかぶりが、そうさせてしまうのだろう。

性器と性器で交わっている母と息子よりも先に、未亡人が指ファックの悦楽に、ギブアップの兆しをあらわしはじめる。

「……いひぃん……涼介さん……お母様……あなた達のオマ×コ姿を目の当たりにしているだけで、どんどん高まってしまって……わたし、そろそろ……達してしまいそうだわ……」

するとと涼介がニュップリ……と綾香の膣穴から指を抜き取り、焦らすように彼女のエクスタシーを、遅延させる。

「……いやぁん……どうして、涼介さん？……」

「一人だけいっちゃうなんて、何だかもったいないし……今度は綾香さんのアナルを責めてあげるから、どれだけお尻の穴がいやらしく開花しているのかを、母さんに見せてあげよう……」

騎乗位で淫らなスクワットを続けつつ、美母も微笑む。

「……これからの学びのために、ぜひご披露して欲しいわ……」

「……あふぅん……それじゃあお母様によく見えるように、こうするわね……」

美しい熟女が巨乳をブラブラと吊り下げながら四つん這いになり、プリプリのヒップの中心を、文恵に向ける。

「……こんなに可憐で清楚な、小さなアナルさんでオチ×ポをくわえこんでしまうなんて……まだわたしには、とても信じられないわ……」

「うふふ……よぉく、ご覧になっていてね……」

例の呼吸法で、未亡人がゆるやかに息を整えていく。

すぅう……ふぅう……すぅう……ふぅう……。

「……ああん、これって現実の光景なのかしら……綾香さんのアナルが本物のお花みたいに、つぼみが開いてきて……ゆっくりと咲いて、ポッカリとピンク色のお穴をひろげて……すごくエッチだけれど、とっても綺麗だわ……」

母との交わりを止めぬまま、そこに若者が片手を差しのべ、愛液でトロトロにぬめったままの指先を菊門に這わせ、ブニュリ……となめらかにインサートしていく。

「……なんてことかしら……お指が二本も一気に、すんなりと飲みこまれてしまったわ……」

感嘆したように、実母が目を丸くする。

「……くふぅん……涼介さんへの深い想いさえあれば、わたし達はお肛門を、二つめのオマ×コにすることもできるの……」

ニュップ……ニュップ……ニュップ……と母子セックスと同じテンポで、涼介が未亡人の裏穴をピストンしていく。

「……あひぃん……感じちゃうぅぅ……わたしにさえできるんですから、このくらいのことは、母性愛でいっぱいのお母様になら、余裕ですぐにマスターできるはずよ……」

ヌッチュ……ヌッチュ……ヌッチュ……ヌッチュ……ニュップ……ニュップ……ニュップ……ニュップ……。

実の母子での生ファックと、未亡人へのアナル責めという、常識を飛び越えたインモラル過ぎる行為が同時進行しているというのに、リビングの中はそれとは真逆の平穏で、温かな至福感に満ち満ちていく。

「……うふぅぅ……母さん……綾香さん……僕、今日まで生きてきて……今が、この瞬間が……人生で一番、幸せだよ……」

「……んはぁん……わたしもよ……涼ちゃん……綾香さん……」

「……んひぃん……わたしも同じよ……涼介さん……お母様……」

ヌッチュ……ヌッチュ……ヌッチュ……ニュップ……ニュップ……。

騎乗位で巨乳をブルルン、ブルリンと弾ませる四十二歳の女体と、メス犬ポーズで美尻をクネクネとうねらせる三十七歳の美ボディと、まだ十代ながらたくましく成長しつつある若者の肉体が、快い汗をしっとりとにじませていく。

「……ああ……誰よりも愛してるよ、母さん……綾香さん……」

「……うふぅん……わたしも愛してるわ、涼ちゃん……綾香さん……」

「いひぃん……わたしだって、心の底から愛してるわ、涼介さん……お母様……」

変則的な形で三位一体と化した母子と未亡人の裸身が、ヒクヒク……ヒクヒク……ヒクヒク……としびれたように震えはじめる。

「……うぐぅ……僕、そろそろ……いきそうだよ……」

「……わたしもよ、涼ちゃん……」

「……わたしも、涼介さん……」

しめし合わせたかのように同じタイミングで、三つの口が切なく言葉を漏らす。

このことが証明するように母子と未亡人は、三人揃って心身の相性が奇跡的に、完璧に合致しているとしか言いようのない、誰一人欠けるわけにもいかない、「最高の恋人たち」以外の何ものでもないのだった。

女上位でヒップをくねらせる実母の軟乳がいっそう激しく躍り狂い、ドッグスタイルでアナルをほじくられる美しい未亡人は、唇のはしからよだれの糸をたらし、涼介は快感に突き動かされるままに、腰と手指を全力で振るっていく。

そして一瞬の静けさの後、二つの美声と一つの青い雄叫びが溶けあいながら、室内じゅうに響き渡った。

「……い……い……いっくぅうううっ……！……」

ブッピュ……ブッピュ……ブッピュ……ブピュピュピュピュピュッ……！

「……ぐはぁぁあっ……ザーメンが、次から次へと噴きあがって……出しても、出しても……オシッコみたいに止まってくれないよぉ……」

「……いひぃん……ほ、本当だわ……お精子が噴水みたいに、どんどん母さんの中をいっぱいに満たしていって……オマ×コが、パンパンになって、破裂してしまいそう……」

「……あん……あん……あああああんっ……！……わたしのアナルマ×コも、おバカさんになってしまったみたいに何度も何度もエクスタシーが続いて、止まってくれないわぁ……あひぃぃぃぃん……」

まだ経験の浅い涼介のみならず、文恵も綾香も過去最高の強烈な恍惚感に耐えきれなくなり、美母は我が子の裸体の上に、未亡人はふかふかの絨毯に、ぐったりと豊満な女体を投げ打っていった。

それから、何分間が経過しただろう。

「……はぁ……はぁ……はぁ……はぁ……」

乱れきった三つの吐息がようやくおだやかに落ちつくと、二人の美熟女がそっと身を起こしていく。

「……うふぅん……涼ちゃんはまだそのままお寝んねして、楽にしていてね……これからはセックスの後始末もわたし達二人で、今まで以上に優しく、丁寧にしてあげますからね……」

未亡人も美貌をほころばせ、うなずく。

「……オチ×ポさんを抜くわね、涼ちゃん……」

実母がそっとヒップを持ち上げていくと、熟膣からすっかり平常時に戻った柔らかなペニスが、ニュルリとこぼれ落ちる。

そして膣穴から、大量過ぎて中に収まりきれない真っ白な粘汁がトロトロとあふれ出てきて、くったりと横たわった男根にからみついていく。

「……あふぅん……まだ熱々のオチ×ポミルクが、ホカホカと湯気を立てているわ……新鮮なうちにいっしょに舐め舐めしましょう、お母様……」

二つの美貌が若者の股間に寄りそい、唇から舌を伸ばしてペロリ……ペロリ……と舐め取って、お掃除フェラを開始する。

発射したばかりで鋭敏になっている亀頭を刺激しすぎることのない、あくまでも優しくおだやかな二人の舌づかいに、涼介のハートもほっこりと温まっていく。

ジュルリ……ジュルリ……コクリ……コクリ……コクン……。

舐めるだけでなく美女たちは、プルプルのリップを押しつけてザーメンを吸い上げ、それがいったん膣内を経由したものであることもいとわず、嬉しそうに飲みこんでいく。

「……はぁ……お母様のオマ×コ汁がカクテルされているからかしら……オチ×ポから直にいただく時よりも、ますます美味しくなっている気がするわ……」

「……んふぅん……ありがとう、綾香さん……いずれはあなたのオマ×コに中出ししたお精子も、たっぷりと味わわせてね……」

仲よく協力し合ったこともあり、股間を汚した精液があっという間に跡形もなく清められた頃、十代の肉棒がまた性懲りもなくムクリ……ムクリ……と身を起こしはじめる。

二つの美貌がそれを、この世に存在するものの中で何よりも神々しいものを崇めるように、愛おしむように四つの美しい瞳で見つめる。

「……とっても素敵よ、涼ちゃん……あんなにドピュドピュしたばかりなのに、もうこんなに元気いっぱいで……本当に、たくましくなったのね……」

「……うふぅん……いったん小さくなって被った亀頭のお帽子も、勃起の勢いだけでムニュムニュひとりでに剝けていって……すっかり一人前の、大人のオチ×ポさんだわ……」

騎乗位セックス以来、ずっと仰臥しているままだった涼介が、おもむろに上半身を起こして美熟女たちを見やる。

「……僕が成長したっていうより、二人のお清めフェラがあまりにも心地よかっただけだよ……あんなふうにやらしく、優しく舐められたら、勃っちゃわない方がおかしいもの……」

実母が、問う。

「どうする、涼ちゃん？……少し休憩をするか、それともこのまま3Pを続けるか……」

「わたし達は、どちらでもかまわないのよ。何でもあなたのお望みどおりにするわ……」

涼介が、ニッコリと微笑む。

「もちろん、エッチを続けよう……だって今夜は、僕たちの新しい人生のはじまりの夜なんだよ……ハートも、チ×ポもものすごくワクワクしちゃって、もうどうにも、止められないいんだ」

二つの美貌も満面の笑みを浮かべ、熟女たちはあらためてそれぞれの全裸を若者に見せつけるように、クネクネとセクシーにボディをうねらせる。

「……うふぅん……母さんのオマ×コに中出しした後は、どこでオチ×ポを癒してほしいの？……お口での、おしゃぶり？……」

二つのふっくらした唇から二枚の清潔なピンク色の女舌が覗き、ペロリ……と誘うようにリップを舐めまわす。

「……お母様、わたしもあなたみたいにオチ×ポを喉奥まで飲みこめるようになりたいから、ご指導してくださいね……」

「うふふ……わたしにできて、あなたにできないことなんて一つもあるはずがないわ……」

それから美女たちが涼介に寄り添うように、四つの巨乳をプルルン……プリリン……と蠱惑的に揺らめかせる。

「……それとも、オッパイで責めてほしい？　涼介さん……四つの大き過ぎる巨乳でムニュムニュってオパイズリして……オッパイマ×コで、ドピュドピュしたい？……」

口唇愛撫も巨乳愛撫も魅力的だったが、若者はまだ答えを口にしなかった。

するとこの町でも一、二を争う上品で清楚な美女二人が、涼介に向けてエロティックにM字開脚のポーズを取っていく。

目の前で同時にご開帳された、二つの濡れそぼった女性器を交互に見やると、

やはりこの贅沢すぎるシチュエーションに、若者は生唾をゴクリと飲みこまずに

はいられない。

「……それとも結局涼ちゃんの一番のお気に入りは、わたし達のグチュグチュオマ×コなのかしら……」

「……今夜からは二つのオマ×コが涼介さんのものになったんだから、もしもどちらかが生理になってても、あなたはいつでもしたい時に、思う存分中出しオマ×コを味わえるのよ……」

全力で大股開きをしているせいで女陰だけでなく、二つの美しい肛門までもが露わになっていて、涼介の目線が実母のアナルにフォーカスされていく。

「……だったら次の射精は……せっかくだから今日という日の思い出作りになるように……母さんのアナル処女を、味わってみたいな」

二連続で最愛のペニスを文恵に独占されることをわずかも苦にせぬように、綾香が心から嬉しそうに微笑む。

もはや美熟女たちはそれほどまでに、完全に共感し合い、一心同体化しきっていた。

「……素晴らしい選択だわ、涼介さん……今度は実の母子の、アナルセックスまでもをこの目に焼きつけられるのね……」

少し不安げに、美母がつぶやく。

「……わたしのお尻……まだ涼ちゃんに指で触れられたこともないのに、綾香さんのようにお上手にできるのかしら……」

「うふふ、わたしが手取り足取り、一から十までアドバイスしてあげますから、心配しないで……何よりもあなたは、涼介さんの産みのお母様なのよ。あなたにできないことなんて、何一つあるはずがないわ」

励まされ、文恵の美貌から緊張感が薄れていく。

「……ありがとう、綾香さんのおっしゃるとおりね……」

「さあ、母さん……僕にお尻の穴を見せて」

美母がうなずき、綾香に見守られながら巨乳をブルリン、と重くぶら下げつつ四つんばいになり、熟したヒップを我が子に向けて突き上げていく。

むっちりと豊満な尻たぶを涼介が両手で割りひろげていくと、四十路にして未だに未開拓なままの、初々しくも清らかな母肛が思いきり露わになる。

「……ああん、お母様のアナルさん……それこそ十代のままみたいに清楚に整っていて、とっても綺麗よ……」

「……じゃあまずは僕の舌と指で、ちょっとずつゆっくりと母さんのアナルをほぐしていくからね……」

実の母子での、肛門性交。これ以上インモラルなプレイはもはやこの世にあり得ないようでいて、まだこれは彼らにとっての「幸福な生活」の、ささやかなはじまりにしか過ぎなかった。

美母とその息子、そして隣家の未亡人は、昼夜を問わない果てしなくも温かな愛欲の日々が今後も続いていくことを確信しながら、淫らな戯れにうっとりと没入していくのだった。

（了）

母(はは)を抱(だ)いた日(ひ)

著　者　青葉　羊（あおば・ひつじ）
発行所　株式会社フランス書院
東京都千代田区飯田橋３－３－１　〒102-0072
電話　03-5226-5744（営業）
　　　03-5226-5741（編集）
URL　https://www.france.jp
印刷　誠宏印刷
製本　ナショナル製本

ISBN978-4-8296-4739-4 C0193

フランス書院文庫

俺の妹が最高のオカズだった【萌芽編】

風見源一郎

妹モノのエロゲでオナニーしているところを妹に見られて以来、美優は俺のオナニーを手伝ってくれることに。eブックスの超人気作を完全収録！

女友達が未亡人になりまして

懺悔

澪は亡き親友の妻、そして俺がかつて恋していた女。友人の妻に欲情する獣に俺はなりたくない、でも…新世代エース懺悔が贈る泣ける官能小説！

ママが淫らな望みを叶えてあげる 美母と継母と叔母

古城蒼太

母の務めを果たそうと、広紀に身を捧げる熟女たち。互いの献身的な奉仕に刺激され、激しさを増す交尾。三人の「ママ」が誘う、甘すぎる楽園！

弔いの媚肉 未亡人奴隷生活

北野剛雲

夫を亡くした由紀子は娘との生活のため、夫の上司に仕事の斡旋を依頼するが…代償に裸に剝かれ、奴隷契約書にサインさせられ、33歳は肉便器に…。

六人のいやらしすぎる兄嫁

音梨はるか

香澄、美映子、理沙、奈緒、弓恵、真凜…義弟との禁断の情事に溺れる六人の兄嫁たち。清楚な仮面の下に隠していた淫らすぎる本性があらわに…。

15日目、私は魔指に屈した 若妻と隣家の美娘

御前零士

（やあっ、またお尻の間で硬くなって…）毎朝、痴姦に悩む杏美を助けたのは私人逮捕系配信者。ガード役を名乗り出た男が、今度は敵になって…。

フランス書院文庫

疎遠になった幼馴染をセフレにしてみた【初恋リベンジ編】
水鏡
絶対に手に入れられない遠い存在だった佐倉花恋。俺は弱みを握って彼女をセフレに…。eブックスNo.1ハーレム、書き下ろしを収録して初文庫化！

わざと薄着な義母さん
青橋由高
お風呂上がりの義母が見せる無防備な姿に、優吾は驚愕。煽られるように、義姉の凛まで！ ひとつ屋根の下で、美母娘の密着挑発ハーレム開幕！

僕の推しは独身美母（シングルマザー）
高宮柚希
まさか、生徒の母親が「推し」だったなんて…。家庭訪問で出会った雪江は、元アイドルのユキ。憧れの女神を喘がせ、推しの中に精を放つ夢体験。

媚臀病棟【女医と看護師と人妻】
妻木優雨
病院に侵入し、人質をとって立て籠もる脱獄囚たち。犯人の目的は、我が子を死なせた女医への報復。居合わせた看護師、人妻、修道女も餌食に！

母を抱いた日
青葉 羊
息子が隣家の未亡人と関係したのを知り、自らの身体で「性の堤防」になろうと一線を越える文恵。愛を確かめ合う母子は、次第に戻れない泥沼へ…。

復讐性裁 義姉妹奴隷
八雲 蓮
夫に理不尽な憎悪を抱く淫獣は自宅で妻・静音を嬲りものに。異変に気づいた夫の妹・沙也香も襲われ義姉妹は自ら肉棒をねだる哀しき尻穴奴隷に。

〈電子書籍でも発売中〉